DUZHE CONGSHU

月下桨声

读者丛书编辑组／编

读者出版传媒股份有限公司

甘肃人民出版社

甘肃·兰州

图书在版编目（CIP）数据

月下桨声 / 读者丛书编辑组编. -- 兰州：甘肃人
民出版社，2022.10（2024.4重印）
ISBN 978-7-226-05822-0

Ⅰ．①月… Ⅱ．①读… Ⅲ．①散文集－中国－当代
Ⅳ．①I267

中国版本图书馆CIP数据核字（2022）第091649号

出 版 人：刘永升
总 策 划：刘永升　马永强　李树军
项目统筹：宁　恢　高茂林
策划编辑：高茂林
责任编辑：张　菁
助理编辑：田彩梅
封面设计：裴媛媛

月下桨声
YUEXIA JIANGSHENG
读者丛书编辑组　编
甘肃人民出版社出版发行
（730030　兰州市曹家巷1号新闻出版大厦14楼）
三河市嵩川印刷有限公司印刷
开本710毫米×1000毫米　1 / 16　印张15.5　插页2　字数194千
2022年10月第1版　2024年4月第3次印刷
印数：25001~30000
ISBN 978-7-226-05822-0　　定价：39.00元

目 录
CONTENTS

1

高考，我生命中的 1977

周晓燕

1977年10月，中央决定恢复中断了11年的高考。这是一次特殊的考试，它改变了我们的生活轨迹，甚至是我们的命运。离开学校多年的我们，重新拿起书本，白天劳动，晚上备考，570万人于1977年寒冬走进了考场，竞争27万个大学生名额！

记得那是1977年的寒冬腊月，我们知青点的32名知青中大多数人都回家过年了，仅有5人留下来参加高考。高考的前一天，我们几个背着冻硬的馒头，在瑟瑟寒风中走了20多公里。那天天气冷得出奇，我们走了将近3个钟头后，终于到达了县城。那时天色已晚，我们找到一家很小的旅店住了下来，旅店很简陋，房间里只有6张床、1张桌子，住宿费每人仅5毛钱。

我们放下书包，围着火炉就开始看书。那时没有任何辅导材料，也不知要考什么，但大家在各自看着自认为有用的资料。屋里渐渐黯淡下来，之后便是一片漆黑，我们方知是全县停电。找到店老板，他给我们提供一盏煤油灯，实际上灯里装的是柴油。我们就在这盏灯下，拿着书本反反复复地一直看到深夜。第二天，我们很早就爬了起来，互相看着对方，忽然间都大笑起来——原来头天晚上点着柴油灯看书，每个人的脸都被熏得黑黢黢的，就连眼窝都是黑的。

我们啃完冰凉的馒头，怀着忐忑的心情奔向了县一中的考场，拿着准考证对号入座后，突然听到外边有铜锣在一声声响着——因为当时没有电，只好用铜锣来代替电铃。听着铜锣有节奏的声音，我脑海里浮现出电影里古代学子赶考的场面。我当时的心情恐惧又振奋，紧张又兴奋，以至手心居然冒出了汗。

决定命运的时刻到了。第一门考的是政治，第二门是语文。我匆忙扫了一遍语文考题，"一万年太久，只争朝夕"的作文题让我瞪大了双眼：天啊！这是一道什么题目？一个小时过去了，两个小时过去了……但是没有一个考生考完走出去。当时我也蒙了，只知道这是毛主席诗词里的句子，但还是琢磨不透，看来看去，锁定了"朝夕"一词，认为作文主旨应该与时间有关，要争分夺秒。我沿着这个思路艰难地写完了这篇作文。当我走出考场时，发现很多考生在作文卷面上连一个字都没有写——这个题目确实难倒了很多考生。就这样连续考了两天，考试终于结束了。

考完之后，我们背着书包，疲惫不堪、垂头丧气地回到了知青点，迎接我们的是空荡的院子和冰冷的锅灶。站在院子里，孤独、沮丧、无助、委屈，油然而生。

在"漫长"的等待后，我欢欣鼓舞地拿到了高考录取通知书。那一刻我落泪了：凭借自己的勇气、努力和能力，我终于考上了大学！

　　1978年3月，我开始了4年的大学生活。上了大学才发现同学们的年龄参差不齐，思想迥异，原先的职业各不相同，但这些并不影响我们之间的同窗情。我们一同经历了那个特殊的年代，一同经历了那场特殊的高考，一同怀着强烈的求知欲走进课堂……

　　从寒冬走过来的我们有着不同寻常的韧性：不屈不挠，孜孜以求，敢于担当，富于创新，且是不可复制的一代，这些已构成了中国1977级高考生特有的精神。这种精神被一届又一届的学子传承下来，不仅成为一代人的财富，也成为国家的财富。

（摘自《读者·庆祝中国共产党成立100周年特刊》）

六十年前的功与过

裘山山

几年前，我因获得鲁迅文学奖荣立了二等功。父亲得知后欣慰地说：
"我们家终于有个二等功了。"我问："你当年在朝鲜战场上出生入死地修
路架桥，怎么就没立个二等功呢？"父亲说："只差一点点，被一个处分
给抵消了。"我大吃一惊："怎么，你还挨过处分？"父亲点头，笑眯眯
地给我讲起了发生在60年前的故事。

1951年春节刚过，父亲作为铁道兵的一员，跨过鸭绿江赴朝参战。作
为北洋大学土木工程系毕业的大学生，父亲不但年轻有为，还非常敬业。
在冰天雪地的朝鲜战场，他和战友们历尽千难万险，不怕流血牺牲，尽
全力保障铁路的畅通。1953年，他所在的部队担负守护大宁江桥的任务。
大宁江桥是朝鲜金义线上非常重要的一座桥（是朝鲜三大铁路桥之一），
它的畅通关系到整个金义线的畅通，当然也是被美军炸得最厉害的一座大

桥。仅靠守护是不可能的，只能不断地抢修，和轰炸抢速度：敌机上午炸他们下午修，敌机下午炸他们夜里修；正桥断了，他们就修便桥。总之，决不让这条重要的交通线中断，保障后方物资源源不断送上战场。美国媒体由此感叹说："美国和其他盟军的飞机一直在轰炸共产党的运输系统，但朝鲜仍有火车在行驶……坦白地说，他们是世界上最坚决的建设铁路的人。"

轰炸不见效，敌人又换了一种方式，投掷细菌弹，用以杀伤这些"最坚决的铁路建设者"。父亲不幸"中弹"：他被美军飞机投下的细菌弹感染，得了斑疹伤寒，这是一种死亡率极高的传染病。父亲被送到师医院，在医院里昏迷不醒，高烧不止，整整5天后才醒过来——全靠身体底子好。父亲醒过来后不但重返战场，他身上的血清还救治了其他感染伤寒的同志。

就在入朝第三年的秋天，父亲他们发现大宁江桥的其中一座桥墩有了一道裂痕，顿时万分忧心。桥墩出问题可不比桥面，事关重大。但问题有多严重，或者说裂痕有多长有多深，桥墩需不需要重修，大家一时拿不定主意。因为如果要重修的话，就必须先修建拦截大坝（围堰），抽干河水，再开始修建，工程量非常大。更何况处于战争中，没有片刻的安宁，重修更是难上加难。

大宁江水深近20米，桥墩自然也是几十米高。为了彻底弄清情况，特别是水下桥墩的情况，部队专门请了一个潜水队来探测。潜水员潜到水底好几趟，上来说这里有裂痕，那里有裂痕，但裂痕有多深，在什么位置，毕竟不是专业人员，表达不清楚。

父亲就向领导提出他亲自下水去看一下，以确定裂痕的位置和长度。领导就让父亲去潜水队做短暂训练。父亲的水性原本很好，小时候在剡溪里泡大的他，身体素质也很好。在短暂训练后，潜水队队长认为父亲没有问题，可以潜水了。

于是父亲就穿了潜水员的行头下水。当时已是10月，在朝鲜，10月的河水冰冷刺骨。父亲喝了几口白酒，暖了暖身子就潜入水中。为了弄清情况，他上来又下去，反复几次，在水底围着那个桥墩反复勘察，并仔细计算，终于心里有数了。他上来向领导报告说："裂痕不严重，桥墩可以继续使用，货车和客车都可以通过，不必重修。"领导很吃惊，一再地问："你有把握吗？"父亲说："我有把握。"

现在想，父亲真是太年轻了，如此责任重大的事情，也不知道给自己留个退路，说点儿有保留的话，就这么言之凿凿地表态了，完全是凭着他的技术和良心，丝毫没考虑其他。

领导仍有些难以决策，毕竟责任重大，仅凭一个年轻工程师的判断能行吗？这时，上级派来帮助他们解决难题的工程师表态说，他相信父亲的分析判断，如果有问题，他也愿意承担责任。这么一来，终于决定不重修桥墩，继续使用了。

后来的情况证明，父亲的计算和判断是正确的。那个桥墩始终没出问题。

由于父亲的精确勘察和正确判断，大宁江桥不但没有影响运输任务，还节省了大量的资金和人力，于是那位工程师提议给父亲报请二等功。大家也都觉得这是个重大贡献，应该立功。

可是，二等功报上去却没有批下来。一问原因，是父亲在此之前刚刚受过一个处分。

父亲"挨处分"的故事，就更有意思了。

3个月前，父亲所在部队接到一个重要命令：必须在10天之内将大宁江桥的正桥修通。可是，经过3年的反复轰炸，正桥已严重被毁，按正常情况，起码得修半年才能通车，就算是紧急情况也得两三个月。但是上级下达了死命令，只给10天，因为和谈代表团的专列要经过正桥。当时专列已经到了距大宁江桥最近的一个车站，父亲他们都能看到一些外国人叼着烟下车来散步了。周恩来还亲自打电话来过问此事，如果10天内不能修好，就算违反命令。

军人以服从命令为天职，何况是在战争时期，父亲和战友们只得全力以赴投入战斗。他们没日没夜、抓紧分分秒秒地干。父亲说，那10天里，他几乎没有躺下过，实在太累了，就坐着打个盹儿，全靠年轻的身体和强大的精神支撑着。时值7月，正是洪水泛滥的时期，这又给抢修工作带来了新的困难。每个人的压力都很大，很焦虑。可是越急越出错，由于过度疲劳，一些技术人员在工作中发生了平时绝不可能发生的计算错误，以至于又延误了一些时间。

最终，他们在第11天的晚上，修通了那座桥，但比上级要求的时间晚了28个小时。因为这延误的28个小时，父亲和所有与此相关的人员都必须受处分，每人承担几小时。首先是队长被撤职，然后是科长、技术人员等，一路排下来。父亲作为工程师，承担了其中的4小时，这4个小时的处分是：行政警告。

这就是父亲此生唯一的一个处分的由来，而由于这个"行政警告"，他3个月后该立的那个二等功，也被抵消了。

讲到这里，父亲无比感慨地说："我从军35年，立了8个三等功，就是没有立过二等功，你总算是立了一个。"

我也无比感慨地说："无论是你失去的那个二等功，还是你受到的那个处分，都比我得到的这个二等功更光荣。"

（摘自《读者》2013年第16期）

我的同学董小苹

王安忆

董小苹是我小学时的同班同学。入学不久，我们就约好了，由她来叫我去上学。前一日下午，我很兴奋地向家里大人宣布了这一消息。到了第二天早晨，只听前边大门外有人叫我的名字："王安忆！"我、妈妈、阿姨，三人一同奔过去开门。妈妈一眼看见董小苹，就惊讶地叫道："多么好看的小朋友啊！"说罢就去拉她，她逃跑了几步，最终还是被妈妈捉住，拉进房间。记得那一日，她穿了一件白绒绒的大衣，戴一顶白绒绒的尖顶帽子，脸蛋是粉红色的，一双极大极黑的眼睛，睫毛又长又密，且向上翻卷着。妈妈始终拉着她的手，问长问短。她的美丽使妈妈非常兴奋；而站在一边的我，则满心委屈，妒忌得要命，眼泪都快下来了。当我们终于一同走出门，她很亲热地用胳膊搂住了我的脖子。这时候，我心中的怒气不由得全消了，取而代之的是满心的感动。

　　她是一个特别幸运的女孩。那时候，我们都这样认为。她不仅形象美丽，而且极其聪慧，功课门门优秀，歌也唱得好，口齿伶俐，能言善辩，穿着打扮十分洋气。外班的老师或同学提起她常常会说"那个洋娃娃一样的小朋友"。当时，我们年级共有四个班，凡是受过幼儿园教育的孩子，都编在一班、二班，还有三班。像我们四班，都是没有读过幼儿园，直接从家里来学校的。因此，在这个班上就出现了一种较为复杂的情况：绝大部分的同学出身都相当贫寒，甚至有一些家长没有稳定的职业。而另一小部分孩子，出身于资产阶级或者高级职员、知识分子家庭，在学校教育之外，还另外请家庭教师学习英语、钢琴、美术等。

　　董小苹所住的一条弄堂，是一条相当贫民化的弄堂。这弄堂曲曲折折、坎坎坷坷，房屋不整。放学后，有时候她邀我去她家做功课，我们走进那个烟熏火燎的弄口，踩着破碎肮脏的路面，来到她家门前。开门是一条过道，过道旁有一扇门，通向堂皇的客厅，一周皮沙发椅，围了一张西餐长桌，吊灯低垂在桌面上方。时至今日，在我的印象里，那客厅总是暗暗的，好像一直拉着窗帘，隔开了里外两重天地。我们顺着过道一直走向后面的厨房和洗澡间，再上了楼梯，走进她自己的小房间。墙上挂了她与母亲大幅着色的合影，母亲背对着照片，她正面抱着母亲的脖子欢笑。我们做完功课，就到楼顶晒台去玩，望着楼下破陋的弄堂，就像是另一个遥远的世界。那时候，我们无忧无虑，从来没有想到这样的差别会带给我们什么样的厄运。我们常常互相生气，由于都是同样的任性与娇惯，谁都不肯宽容对方。而在我们互相冷淡的日子里，彼此又是那么寂寞和孤独。放学回家的时候，我们各自坐在课桌前，磨磨蹭蹭地整理书包，期待着对方与自己说话。和好的日子则是那样欢欣鼓舞、阳光明媚，就像是为了补偿虚度的时光，我们会以加倍热烈的语言表达互相的信任和友爱。这时候，她告诉我，她的父亲是一个资本家。

关于她家是资产阶级的事情，早已在学校里传开。由于小学是就近读书，同学都住得很近，谁家是做什么的，都瞒不过别人的耳朵。同学之间又喜欢传舌，往往会夸大其词。就这样，人们将她家描绘成一门富豪。过了许多年后，我才从她那里了解到：在她父亲还是一个青年的时候，以工业救国的理想和祖上传下的一份遗产，联合兄弟合资开了一个铜厂。其间几起几落，几临破产与倒闭，几度危难，他们最终支撑下来了。在她出生的时候，工厂已经公私合营，父母怀了犯罪的心情，战战兢兢地吃着一份定息，时时告诫自己和儿女，不得走剥削的道路，要做好公民。

有一次，她很认真地对我说，现在有一条内部的政策：一个出身不好的青年，如果表现特别优异，就可以改变成分。现在想想，这条政策大约是她自己从"出身不能选择，前途可以选择"的思想里生发与推理出来的。她是家中最小的孩子，上面有三个哥哥、一个姐姐。父母以自己的身体承接了命运的暗影，将她温暖地庇护起来。除我之外，董小苹几乎没什么好朋友，班上的同学总是和她很疏远。尽管她成绩优异，也热心参加公益活动，可她在少先队中只是一名小队长。同学们背地里说起她，总流露出不那么满意的神情。她的美丽、聪敏、妩媚、可爱，以及优越的条件，使许多人在心里感到不安与不平。

在小学最后的一年里，我与董小苹为了一件极小的、至今谁也说不清楚的事情闹翻了。我们不再说话，形同路人。为了气她似的，我故意去和一些平素并不投合的同学要好，进进出出的。有一天早晨，有人在董小苹的课椅上写了"狗崽子"的字样，待她进教室看见了，就说了大意是在"写的人是写他自己"这样的话，就有一个同学跳将起来同她吵。这个同学出身于一个极其贫困的工人家庭，身上从未穿过一件完整的衣服，性格却很倔强。吵到后来，在场的同学渐渐分为两部分，一部分沉默，另一部分帮那同学吵，而董小苹自始至终是一个人，却毫不让步，声嘶力竭地强调："出身不能选择，前途可以选择。"最后，大家一并将老师找来，要老师证明，究竟是谁的道理对。老师涨红了脸，支吾着不敢明断。这时，我看见很大很大的泪珠从董小苹的脸颊上滚了下来。我悄悄地退场，心里感到非常难过。

许多日子过去之后，我才知道这一年里，董小苹经历了什么。到第二年开春，我们被根据地段划分进了附近的中学。在学校里，我远远地看见了董小苹。她穿了一件旧罩衫，低头默默地向教室走去。之后，我们常常在校园里远远见面，可是谁也不与谁说话。她是那样沉默，几乎没有人注意到她，也听不见别人谈起她，就好像没有她这个人似的。

后来，我去安徽插队，而我中学里的好朋友在我走后半年，去了江西一个林场。她从江西来信说："你知道我现在和谁在一起？和你小学同学董小苹在一起。"她在信中还告诉我，董小苹想与我和好的愿望。在经过了那样的时日之后，二人间的一桩小事显得多么无足轻重。我回信时便附笔向董小苹问候，不久，就收到她附来的短信。而正式的见面，是在两年之后的夏天。我们一同在上海度暑，有一天，我去了她家。她从楼上下来迎接我，将我带上二楼。除了二楼，其余的房间全被弄堂里的邻居抢占了。这时候的我们，彼此都很生分，并且小心翼翼的，似乎不知道什么话该说，什么话不该说。她穿了旧衣旧裙，扎了两个短辫，形容依然十分姣美，眼睛又黑又大，睫毛又密又长，可是脸上的表情却失去了小时候的活泼与生动，老老实实的。只有当她母亲说起我们小时候的淘气，她才浮起笑靥，往昔的董小苹回到眼前，可是转瞬即逝，又沉寂下来。

过后，我们就开始了间歇很长并且平淡的来往。通过我中学的好朋友，我也不时能得到她的消息。我知道她在那里依然被孤立，周围有许多对她极具伤害的猜忌与流言。然后，我又知道她在很短暂的时间内，以过硬的病由和极大的决心办了病退，回到上海，在街道生产组做工。这时候，我们家搬离了原来的地方，而她也搬出了原先的弄堂，被抢占的房子再无归还的希望，十年里惨痛的记忆也无法抹平。1980年的冬天，她来到我家。这时候，她已考上华东师大历史系。她骑了一辆自行车，是在星期天晚上返校的路上到我家的。她剪了短发，穿了一件朴素的外衣，态度有些沉默，说话总是低着头。我们互相谈了这几年里的情况。我已于1978年春回到上海，在儿童时代社工作。从中国作协文学讲习所回来不久，我发表了一些小说，行将走红。她自1975年年底病退回来直到1979年进校读书，此间一直在一个做绣花线的生产组工作。上大学是她从小的心愿，在林场时，曾经有过一个大学招生的名额，却被给了一个连一张通知都写不流利的男生，只因为他有一个好出身。她听了这消息几乎昏厥，虽然她不相信会有什么好运落在自己身上，可心中却无可抑制地暗暗揣着希望。

后来到了上海，1977年恢复高考制度，她便开始准备。而如我们这样六九届的初中生，仅有五年级的文化程度，一切都需从头学起。1977年的考试是竞争空前激烈的一年——自1966年起的历届毕业生全在这一时刻拥进考场。她呕心沥血，最终却落榜。她后悔道，如果考的是文科，分数线就过了，但她考了理科。然后，到了1979年。这两年中发生了很多变化，工商业者的工资、存款、定息、抄家物资纷纷被归还，生活渐渐宽裕起来。国家政策开放，出国渐渐成风，许多漂亮的或不漂亮的女孩子嫁了阔佬或外国人而脱离苦境，但她还在绣花线作坊里勤勤恳恳地做一名仓库保管员，用业余时间进行补习，再一次进了考场，终于榜上有名。在秋高气爽的季节，新生入校的场面，一定非常激动人心。这一个娇嫩柔弱的女生不仅坚持了她的自尊与自爱，还保存了一个理想，并将之实现。

她读的是历史，心下却喜欢中文。大学毕业后，她被分配到母校向明中学任教。一年后她结婚怀孕，正遇学校实行聘任制的改革，于是以怀孕与产假期间无法正常上课的理由"不被聘任"。她连日奔忙，终于为自己找到另一份"被聘任"的工作时，教育部门又下达了师资不外流的文件。经过又一番奔波，她终于调入上海社会科学院青少年研究所，办了一份名叫《上海青少年研究》的内部刊物。

这时候，我已开始全日制做一名"作家"的生涯。我埋头在一些虚拟的故事之中，将我经过、看见、听到的一些实事，写成小说。我到邮局寄信，到银行取款，出国在机场验关，有时候只是在菜市场买菜，都会有人认出我。他们叫我"青年作家"，使我的虚荣心得到极大满足。可是，我又知道，自己不仅是人们所认识的那些，在那之外，自己还有些什么呢？有时候，在最热闹的场合，我会突然感到孤独，觉得周围的人都与我有隔阂。那些高深的谈吐令我感到无聊与烦闷，我觉得在我心里，其实包含着简单而朴素的道理。就这样，我和董小苹的往来逐渐频繁起来。我很喜欢在她那个简陋而凌乱的家里坐上一时，说一些平常却实际的话。她和她的丈夫、儿子住一套13平方米的往昔看门人的寓所，她的丈夫与她是生产组的同事，又一起考入同一所大学，现在在教育局工作。二人都在"清水衙门"，收入绝对有限，她又不惯向人开口，即便是自己的父母。为了改变现状，她曾努力为丈夫留学日本做过争取，可是人事多塞，事情遥遥无期，却已负了一身债。她节衣缩食，幻想着无债一身轻的幸福时光，并执意培养孩子对拮据家境的承受能力。她在1987年脱离编辑工作，专搞青年学生的比较研究课题。

在大雨滂沱的天气，我们不合时宜地在她家做客。积水顷刻间在她家门前淹起湖洼，隔壁公共食堂进水了，老鼠们游过来，栖身在她家台阶上避雨。她安然地去幼儿园接回儿子，再去买菜买面粉，自行车像军舰一般在大水中航行。然后她从容不迫地剁肉做馅，大家一起动手包饺子。饺子熟了，我们各人端了碗找个角落坐下就吃，那情景好像插队的日子。在这间小屋里，我感受到一种朴实无华的人生。她读书、做学问、写论文，从一个作了针线匣的纸盒中取出针线，给儿子缝一条断了的鞋带，从自己微薄的稿费中留出5块钱，为自己买一条换洗的裙子。她的每一个行为都给我以真实和快乐的感染。

1988年春天，她因与日本青少年研究所合作的课题，受邀去了日本。去之前，她将500元置装费大都用来添了结婚五年来没有添置的日常衣物。当我向她提议应当做一件睡衣时，她露出茫然的神色道，她连想都没有想过，还有睡衣这一件事情。我不由得想起她幼年时那小公主般的卧室，心想：时代将她改变得多么彻底。如今，只有她那白皙的肤色与细腻的肤质，以及某些生活习惯，比如从不去公共澡堂洗澡等，才显露出她埋藏很深的气质。而她现在再怎么高兴，也无法像她童年时那样欢欢喜喜地大笑。她穿一件稍漂亮的衣服引来人们羡忌的目光，也会使她惴惴不安。

后来，她去了日本。令她十分失望与不快的是，日方合作单位，出于一种成见，竟将请她去日本当作对合作人员的一种优惠，并没有做好工作的准备。日方没有想到，这个中国人来到繁华的东京，只是为了和他们做认真的工作会谈。他们措手不及，最终只能真诚地道歉。她去日本的时候，正赶上大量学语言的上海人拥上东京街头打工的热潮，某些中国人卑下的行径，使得战败后成功崛起跃居世界前列的日本人滋生了傲慢。她所居住的单身宿舍寮长——一个23岁的男孩，通过翻译问她会不会日语，她说不会，他便说道："你既来访日本，应当学说几句日语，每天早晨，也好向我问个早什么的。"她当即回答道："你们日本要与中国长期做邻居，你也应当学会汉语。"当她向我叙述这些的时候，我想起小时候的她：锋利而不饶人的言辞、敏捷的反应、极度的自尊，以及认真的求学态度。我感动地想：在极尽折磨的日子里，她竟还保持了这些品质，这使本来就艰难的生活更加艰难。

从日本回来后，我觉得她有了一些变化——恢复了自信心。她常说，是社科院青少所给予她认识自己价值的机会，消除了她的自卑感，使她觉得一切尚有希望。这希望是经历了许多破灭的日子重新生长起来的。

当我从虚荣里脱身，来到她的生活里，我们互相道出那时候可笑可叹的故事，我觉得真实的自己渐渐回来了——身心一致，轻松而自然。她的生活使我意识到，在我的生活里，哪些是真实的，哪些是有意义的，哪些是虚假的，哪些是无聊的。

（摘自《读者》2020年第5期）

理想的光亮

陈 旻

上车，点火。车发动之后，塞在车载音响里的那张我爱听的"藏歌"碟片，随机流出了《拉萨的酒吧》。一阵嘈杂、喧闹的背景音之后，一个略带忧郁又略显无奈的男声开口唱道："拉萨的酒吧里呀，什么人都有，就是没有我的心上人。她对我说，不爱我，因为我是个没有钱的人。"身旁上小学四年级的儿子一惊，问："妈妈，没有钱就没有人爱吗？"

我一下被这个问题噎住了。这个社会已经发生了翻天覆地的变化，拜金几乎已经渗透到生活的每一个细节。电视相亲节目中不时出现"雷人"的金钱爱情观，有些人甚至公开宣称："我的男友必须是月薪20万！""宁可在宝马车中哭泣，也不愿坐在自行车上笑！"还有，女孩直截了当地问男方："你家有钱吗？"俊男靓女们毫不掩饰自己对金钱的强烈渴望，现实得极为彻底。

　　不过，我却十分同情这些人，因为现实的生存压力已经无情地挤压掉了他们生命中的汁液，当对钱、房、车等物质的获取成为他们最重要的人生目标时，他们已经不再会有单纯的心境去享受拥有理想的快乐和朴素的爱情，他们的眼眸也不会闪出梦的光泽。

　　于是，我不由得暗自庆幸，幸亏自己出生得早，没有生在眼下金钱物质至上的年代，幸而能拥有天真、朴实的童年；在青年时期，有热情和愚憨，理想和野心；恋爱时能听见内心的声音，有一个清新而烂漫的感情世界。虽然也曾被现实无情压迫，但大多数时光，得以在诗意中度过。

　　正因为心中有了理想，仿佛就胸有成竹，每一个日子因为目标明确而显得格外沉着。在个人成长的过程中，因为社会环境，也因为家庭教育，我们这一代人都把精神追求放在首位。参加工作后，读书、听音乐、抄朦胧诗，精神世界被撑得满满的。我最初的工作单位在浙江舟山，虽说是在海岛，实际是在山里，距离县城约40公里，每天只有两班公共汽车进出，早上出去，晚上才能回来。那时候街上商店很少，一整天在街上逛着，连五金商店的钉子柜台，我都一一细细看过去。但就是在那样艰苦的条件下，我们过得有滋有味。黄昏在田埂上散步，抬头仰望天边的彩霞，坚信"前途是光明的"，虽然眼前的"道路是曲折的"，总认为自己的生活质量定会"螺旋式上升"。最爱做的事是阅读西方哲学名著、中外文学名著，收集"名人名言"，频繁更换"座右铭"。那时候的烦恼也很单纯。记忆中自己的一次气愤，是因为有同事在开会时批评我"平时说话不使用劳动人民的语言"，指出我说话"酸"。那时，因为读了书自然要"活学活用"，我在平时说话时千方百计插入成语、形容词，多用文学语言，自我感觉很好，不料却遭到"指责"，自然想不通。

　　一年辛苦下来，即使评上先进，物质奖励也很有限。有一年，我获得年度嘉奖，奖品是一个印有兰花的搪瓷脸盆，我十分珍惜，一直舍不得用，20年了，还完好无损地珍藏着，因为，那是一份荣誉，更是青春时光的见证。

迄今，我还珍藏着一个军用挎包。挎包的年龄很长，背面因久与衣服摩擦略显黑亮。我一直舍不得丢掉它，是因为它陪伴我度过了那些终日活力充沛、热情蓬勃的豆蔻年华，盛着我青春的记忆。那时候，每次上班临离开宿舍前，觉得这本书必须带上，那本书也舍不得丢下，挎包便被塞得满满的，合都合不上。而当这沉甸甸的挎包压上肩头，一种饱满的充实感荡荡悠悠仿佛要撑破心胸。那时候读书没有计划，看到什么读什么。有一阵，西方哲学书畅销，我也赶时髦，从书店里背回一挎包又一挎包，读叔本华、萨特。尽管似懂非懂，但也乐此不疲。一天下午，一个同事从县城回来，一下车便兴奋而神秘地拿出一套黑格尔的《美学》在我眼前亮了亮，她告诉我新华书店里人们正在疯狂抢购这套书，我一听，一种即刻必须拥有它的欲望不可遏止，立即请了假拎起挎包冲出门外。真巧，这时山里驶出一辆拖拉机，我挥手拦下一问，驾驶员告诉我他们要去县城，我央求他们捎上我。热情的农村小伙把驾驶员边上的座位让给我，自己跳上了后面的车斗。在我不间断的催促声中，拖拉机一路"突突突"直接开到县城新华书店的门口。我终于买到了一套崭新的《美学》。沉甸甸的挎包上肩，我的心里才踏实下来。

那时候的爱情也是纯粹的，没有人把家庭、物质条件作为择偶的标准。去年，有个23年前我在宁波工作时别人给我介绍的"对象"出差来南京。他辗转找到我，当面问我："当初为什么拒绝我？"他说这个问题已经困扰了他20多年。我费力地想了又想，根据自己当年的"做派"，一般与别人介绍的"对象"见面时，首先问的第一个问题便是"读过几本世界名著"，如果回答是"没读过"，那我就立即走人；如果对方回答"读过"，我会接着问"泰戈尔是哪个国家的"，第二个问题我记得没有人能回答上。

我就问他，当年是不是这么与他对话的？他说，他当时的确回答"没读过世界名著"。我说，那就是这个原因了。因为有理想，因为有对理想的追求，生活中就有了许多憧憬与期待，寻常的日子便有了那么多的诗意和情趣。在南京工作的单身时光，单位配发的不到一米宽的小床上，靠墙的一面还被我整整垒了一排书，因为想要"自己喜欢的书伸手可触"的感觉。窗外的雨棚上挂着串风铃，很多朋友至今还难忘那清脆的风铃声。一个朋友还专门为我写了一首诗："一记响在耳边的风铃／会给我们许多的温馨／许多的温馨就是／许多潮水对于堤岸的漫润／就是鸟儿在明净蓝空里／无拘无束地飞翔。"

那样的年龄，我们都有着一颗敏感多汁的心。我与朋友们在月光下互相倾诉，诉说彼此生活中那些为之感动过的事，以及这些事情发生过程中自己的细微感受。我的一个同学谈了对象，男方家里不富裕，但她不以为意，专门从汤山乘一个多小时的车来向我倾诉她心中的幸福。我记得我们并肩坐在中山陵音乐台的青草地上，因为他们两人都是初恋，她对我宣称"我要和他一起成长"，那一刻，她的眼睛染着绚烂的霞光，闪烁着动人的光亮，我笑她"目光跟涂了油似的"。

而我自己与丈夫自恋爱直至结婚，也不知道他的家底，始终就没好意思开口问过。回头想想，过去的几十年时光，分明是理想的光亮一路照亮了我的生活。因为有理想，即便在最艰难的时光，也深信幸福就在不远处，能充分享受到生命的原质性给予内心的单纯的愉悦，才有了那许多可反复回味的与金钱无关的经历与感受。如今，"满足于现在，但不放弃努力"，更使我在金钱物质社会中能拥有一份从容、平和的心态，去悉心捕捉从指尖流逝的日子里那每一段故事和心绪,享受和回味生命中一个个美好的瞬间,并不断继续触摸自己的梦想。

（摘自《读者》2010年第17期）

碧涧一杯羹

桑飞月

　　小区门口常有老人来卖菜。萝卜缨子南瓜头，小小青蒜地瓜梗……都是他们从这座城市的缝隙里种出来的旧相好。作为一个新江南人，对于这些菜，我通常只是看看，并不太会吃。不是嫌弃，是不知道怎么吃。

　　一天出门时，我终于看到了一种我会吃的菜：香菜。其新鲜肥嫩、青翠欲滴的模样，让我在心里打起了小算盘：嗯，回头我要买上一把，配青蒜辣椒油，做成酸辣汁，蘸饺子吃。于是，我决定先去超市买饺子。

　　回来后，卖菜的大爷却告诉我，他卖的不是香菜，是芹菜。顿时，以资深主妇自居的我有点儿蒙：怎么会是芹菜呢？我驰骋菜场那么多年，也没见过这么细小孱弱的芹菜。唉，这大爷也真是，把芹菜种成这副模样还敢拿出来卖。"这可怎么吃啊？"我们家吃芹菜，通常只吃茎，可眼前这茎，细成头发丝一般。

"做汤呀。碧涧一杯羹，夜韭无人剪。"大爷漫不经心地吟道，我却大吃一惊。都说卖菜的大爷大妈不可小觑，这下我算见识到了。与此同时也明白了这芹菜为啥这么细，大爷种的哪里是菜，分明是情怀，是诗意，是醉翁之意不在酒啊。

"碧涧一杯羹，夜韭无人剪。"这是南宋词人高观国的句子。众所周知，春天的韭菜鲜香无比，是上等菜肴。但是，如若有一杯碧涧羹的话，那春夜雨露浸润过的嫩韭，也就没人稀罕了。高观国还说，"野意重殷勤，持以君王献"——他还想把这美味献给君王呢，由此可见，这碧涧羹是多么美味。

碧涧羹究竟是道什么羹呢？其实，它就是芹菜羹。

南宋词人林洪在《山家清供》中专门讲过这道菜的做法。荻芹取根，赤芹取叶与茎。二三月里，做羹时采来，洗净，开水焯一下取出，用醋、芝麻、盐，与茴香一起浸渍，可用来做酸菜，也可用来做羹。羹味清爽馨香，一口下去，让人感觉像来到了碧绿的山涧，所以称它为碧涧羹。

碧涧羹一词，最早来自杜甫。他在《陪郑广文游何将军山林十首》中写道："鲜鲫银丝脍，香芹碧涧羹。"直接给水芹羹打了个好广告。从此，诗人们写诗，也干脆用碧涧羹来称呼芹菜羹了。除高观国外，明朝诗人高启也曾写道："饭煮忆青泥，羹炊思碧涧。"

如今，芹菜是一种常见蔬菜，似乎没什么特别，如若非要找出点儿特别的话，那就是有人觉得它味怪而不愿意吃，譬如我家小朋友。但在古代，它却被认为是一种极好的食材。《吕氏春秋》中说："菜之美者……云梦之芹。"意思是，云梦那个地方出产的芹菜，是蔬菜中的美味。这不禁令人想起了那句老话：多食滋味少，少食滋味好。

看在大爷吟诗的份儿上，这天，我从他那里买了一把青芹。回家后，洗净切碎，焯水做羹。手头没有茴香和芝麻，那就打个蛋花。出锅后，我用白瓷小碗分盛了，郑重地请大家品尝："古籍中流传下来的千年美食：碧涧羹。"女儿听罢，拿起调羹舀了一勺："啊，真好喝。"然后就单喝那羹，很快，半碗下肚。"用什么做的，这么好喝？""芹菜。"我说这两个字时，心里有些忐忑，因为这是女儿从来不吃的蔬菜，以为她会反感。结果没有，她像没听到一样，还在盛。"我也想把菜吃出诗的味道来。"她说。我听后笑了："那你要多读书呀。"

文人靠文气养心，家常便饭通常也能吃出山河之味，仿佛他们的锅底藏着诗。身为现代人的我们，物质更富足了，但吃饭也只是吃饭，有时还会吃个浮华。说到这儿，心中不免有些感慨，什么时候，我也能把芹菜羹吃成碧涧羹，把俗世生活过成诗呢？

（摘自《读者》2022年第2期）

绿皮火车时代的烧鸡

小 宽

　　绿皮火车，这个在中国大地上逐渐消失的符号，其实一直藏在一代中国人的基因中。在过去几十年漫长的岁月中，缓慢、拥挤、陌生又熟络，种种气味杂糅，充斥着五湖四海的口音，少不了啤酒与烧鸡的绿皮车厢里，呈现着一幅真实中国的图景。

　　摄影家王福春有一本影像集《火车上的中国人》，记录了从1987年到2000年，十多年间绿皮火车里的人生百态。有时候我会翻出这本书看看。其实我小时候没有太多机会坐绿皮火车出门远行，那时候，绿皮火车代表着远方。

　　许多人会怀念绿皮车厢里的食物。最常被人们提及的是烧鸡，烧鸡成为某种象征。没有在绿皮火车里吃过烧鸡的人，不足以谈论人生。

　　中国的"四大名鸡"都与火车相关：沟帮子熏鸡、德州扒鸡、道口烧鸡、符离集烧鸡。从近代中国铁路发展地图上，就可以看到这"四只鸡"与铁路枢纽的关联：

沟帮子在辽宁锦州，位于东北两条重要铁路的交会处：沈山铁路（沈阳—山海关）、沟海铁路（沟帮子—海城）。

山东德州则在京沪铁路（北京—上海）和京杭大运河的交会点上，无论是铁路还是水路，德州都是必经之地。

安徽宿州符离集也是交通要道，同样是京沪铁路的枢纽。纪录片导演陈晓卿就是符离集人，他从小吃着符离集烧鸡长大。据他考据，符离集烧鸡起源于抗日战争时期，距今不过几十年。

道口则位于河南省安阳市滑县，也是东西南北两条铁路交会之地。焦作煤矿外运需要经过道清铁路，南北走向的京广铁路也从此经过。

四只鸡，与铁路上的中国形成一种微妙的共振。在遥远的20世纪七八十年代，坐火车出远门，其身份与地位的象征意义相当于如今坐飞机头等舱。出一次远门，可能要在绿皮车厢里摇晃几天几夜，在几天几夜中，吃喝拉撒必不可免。当时并没有工业化的包装食品，在路上除了携带的干粮与茶叶蛋，最体面的食物就是火车在站台停靠时，蜂拥而上的小贩售卖的烧鸡。

这烧鸡在当时，不仅仅是一只鸡。坐在局促的绿皮车厢里，周围挤满了人，众目睽睽之下，你悠然自得，轻轻撕扯下一只油腻芬芳的鸡腿。鸡肉的香味如此出挑，原本的车厢里充溢着沆瀣一气的浑浊味道：炒货味、人体味、花露水味、痱子粉味、尿骚味、放屁产生的硫化物味、几个月没有洗澡的腋窝味、饱嗝味、劣质香烟味……浑浊气味的交响乐中，忽然传来一股明亮激越的烧鸡的香味，如同在沉郁的大提琴声中飘来小提琴的欢快。这种香味没有侵略性，沉郁，妩媚，且持久，从鸡皮、鸡肉甚至鸡骨头的缝隙里，丝丝入扣地传递出来，经久不散。周遭人的眼神有意无意地盯着你，盯着你蠕动的嘴，盯着你手里越来越少的烧鸡，静静倾听，似乎还有一阵阵从身边传来的腹腔"咕噜咕噜"蠕动的声音、吞咽口水的声音。此时还应该有一点酒，啤酒显得豪迈，倒在一个搪瓷缸子里，洁白的泡沫泛起一阵阵炫耀，仰脖一饮而尽。如果是闷热的车厢，没有冰箱，啤酒则显得温暾，最好是白酒。倒出一小杯，白酒颠覆一切的香味，富有侵略性，如同挑衅，如同在弦乐之中加入一阵鼓点。喝酒时要含在口腔里，发出"嗞"的一声叹息，紧接着是"叭"的一下吧唧嘴，此时意犹未尽，紧随其后的是"哈"的一声叹息，犹如高潮退去，爱情凋落的感怀。"哈"的一声，其实也是一个序幕，代表着下一个轮回。你的手继续伸向那一只传奇的烧鸡，另外一只鸡腿已经在静静等待……

它不仅仅是一只鸡，还是社交圣物。漫长的绿皮车厢旅程，如果你是孤身一人，刚好对面坐着的是你不怎么烦的人，邀请他一起吃一只鸡，你们将会成为无话不谈的朋友。

在有限的记忆中，凭借一只烧鸡，我曾跟皮革厂的小老板打得火热，他告诉我不同皮质不同颜色的构成；跟带着孩子去北京挑战吉尼斯纪录的父亲谈过话，他女儿可以不间断地翻跟斗，在拥挤的车厢里也能给我们表演一下；跟秦皇岛的酒吧女老板约定有空去她的酒吧看表演；跟四川籍的姑娘眉来眼去，她要去成都做家政工作。只不过那时没有微信，没有"扫一扫"，甚至没有手机。有的仅仅是烧鸡，烧鸡就是火车上的"战斗机"。

更久远一些的记忆则是我第一次跟随父亲乘坐绿皮火车。车到一个小站，尚未进站，汽笛声响，许多小贩跟着没有停稳的火车奔跑，他们拿着烧鸡、矿泉水、茶叶蛋以及啤酒、火腿肠。父亲跟我说："你坐在这里别动，我去买一只烧鸡。"

片刻他消失在人群中。我还瘦小，穿着妈妈织的毛衣，看护着行李架上的大包小包。第一次出门的我小心地等他回来，等待他手里提着一只油亮芬芳的烧鸡回来。

那种感觉总是让我想起朱自清的《背影》。他的父亲对他说："我买几个橘子去。你就在此地，不要走动。"

（摘自《读者》2021年第4期）

寻找"国漫之父"

张星云

上海美影厂的"外来和尚"

1956年，张光宇搬进王世襄在北京朝阳门内芳嘉园的家里。那时的张光宇已经步入其50年漫长艺术生涯的晚期。他民国时期画过漫画，做过装饰艺术，办过出版社和印刷厂，写了中国第一本现代设计著作。1949年后，他从香港来到北京，任中央美术学院图案装饰美术系主任。

1959年，一封来信改变了张光宇在芳嘉园的生活。信中，上海美术电影制片厂（下文简称"上海美影厂"）厂长特伟邀请张光宇南下上海，担任中国第一部彩色动画长片《大闹天宫》的美术设计。

特伟与张光宇是相识几十年的老朋友，上海美影厂正是在他的带领下成立的。

其实早在1955年，上海美影厂就拍摄了一部长约10分钟的动画片《乌鸦为什么是黑的》，这是中国第一部彩色动画片。第二年，该片在第八届威尼斯国际儿童电影节上获得动画片银质奖。然而上海美影厂的编导们却高兴不起来，因为出现了一个令人尴尬的误会，获奖影片被许多人误认为是东欧国家制作的。

特伟感到被当头棒喝，他意识到，上海美影厂未来的创作不能一味向苏联和美国看齐，中国动画需要有自己的特点，于是提出，"中国美术片要走民族风格之路"。他也因此想到了张光宇。

《大闹天宫》建组

《大闹天宫》团队里，比美术设计张光宇更早确定下来的，是60岁的导演万籁鸣。

万籁鸣与张光宇同样是旧相识。1920年，当时在上海商务印书馆从事美术工作的万籁鸣刚刚开始画漫画，向《世界画报》投稿。张光宇是《世界画报》的编辑，两个人由此成了朋友。

张光宇出生在无锡一个中医家庭，因为不想从医，他向父亲提出去上海念小学。在上海，他住在亲戚家，附近有一个演京剧的戏院，他常去后台串门，又在前台空座看白戏，因此受到京剧艺术的熏陶。小学毕业后，本想去投考美术学校，碰巧认识了画家张幸光——上海美专的校长兼上海新舞台戏院的置景主任，张光宇便拜张幸光为师。老师留张光宇在身边，为舞台画布景，后来又介绍他去《世界画报》任编辑。

谁都没想到，没过多久，张光宇便成为上海漫画界的风云人物。

这一时期，万籁鸣和他的兄弟万古蟾、万超尘、万涤寰一起，在上海一间面积不足8平方米的亭子间里制作了中国第一部动画片《大闹画室》。1935年，他们又制成中国第一部有声动画片《骆驼献舞》。"万氏兄弟"在电影界有了名气。

1941年，万氏兄弟的黑白动画默片《铁扇公主》制作完成。影片根据《西游记》中"孙悟空三借芭蕉扇"的故事改编，整个制作过程花了一年半时间。为了这部影片，他们先后组织了100多人参加原画创作。《铁扇公主》是当时亚洲第一部动画长片。正是在这部动画片里，万籁鸣第一次创造了孙悟空的动画形象。

《铁扇公主》在上海的3家电影院同时放映了一个半月，票房收入甚至超过当时所有故事片收入的总和。日军进占上海租界后，《铁扇公主》被日军当作"战利品"收缴，在录制日语版拷贝后于日本影院放映。时年14岁的手冢治虫正是因为看了《铁扇公主》，才下定决心做动画片，日后成为日本漫画大师，创作出《铁臂阿童木》。

有了《铁扇公主》的成功，万籁鸣更想把《西游记》最精彩的段落"大闹天宫"搬上银幕。可是迫于时局、境遇，久久未能实现。

1954年，万籁鸣进入上海美影厂。1956年，特伟亲自导演的动画片《骄傲的将军》首次采用了京剧脸谱和配乐。1958年，万古蟾将传统皮影和剪纸结合，制作出中国独有的美术剪纸片《猪八戒吃西瓜》，大获成功。万古蟾随后又拍摄了《渔童》《济公斗蟋蟀》。1959年，另一个中国独有的美术片种——水墨动画试验成功，第二年《小蝌蚪找妈妈》横空出世，震惊世界。

这些尝试都是动画短片，而这一切铺垫，使特伟和万籁鸣更加坚定了把"大闹天宫"搬上银幕的决心。中国第一部彩色动画长片《大闹天宫》

摄制组于1959年在上海美影厂成立，万籁鸣任导演，副导演是《小蝌蚪找妈妈》的导演唐澄，而张光宇则成为美术设计。

创造孙悟空

动画片中的美术设计，是根据剧本和导演思路设计出符合要求的美术风格。与张光宇同时被请来参与《大闹天宫》创作的还有他的画家弟弟张正宇，张光宇负责《大闹天宫》的人物造型设计，而张正宇负责整部影片的布景设计。

对张光宇来说，就像画京剧脸谱一样，动画形象设计首先是开脸，眼神及眉宇间的善恶，鼻形与口形的美与丑的勾法，都能左右人物性格；其次是塑造全身的形状，除了肥瘦高矮，从线条变化中，也可以表现出正直或狡猾的性格。

张光宇为孙悟空设计了3个造型，万籁鸣对这3个造型都不太满意，决定让首席原画严定宪在张光宇原稿的基础上进行修改。

严定宪20世纪50年代毕业于北京电影学院动画专业，虽然只有24岁，却已经是上海美影厂的"老原画"了。绘制原画是制作动画的重要工序，需要在造型原稿的基础上，绘制出人物的不同姿势、空间方位，以便在之后的动画中使用，即现在所说的动画设计。

张光宇在上海期间，严定宪专门两次去华侨饭店与他讨论。对导演万籁鸣来说，身为漫画家的张光宇画出的人物造型很有特色，装饰风格很强，方圆结合、线条复杂，配色也出挑。但是如果做成动画，按动画的要求画几千几万张，人物造型就需要线条简练、形象突出，尤其是主角孙悟空，整部动画片中差不多2/3的镜头里都有他，如果颜色复杂、线条烦琐,他身上多一笔,对原画来说就要多画几千几万笔,因此一定要简化。

从上海返回北京后,对于造型和场景的设计及修改,张光宇与万籁鸣主要通过信件沟通。由于孙悟空的造型迟迟没定下来,张光宇很着急,他在信中一再声称自己所做的这些人物造型原稿"请作为参考之用,但不一定太尊重我的图或者所谓风格问题,因为我的图还极不成熟,仅供研究参考,要请诸位大力发挥,特别是万老(万籁鸣)的断然决定"。

就这样,孙悟空的造型经过反复推敲,最终由严定宪修改后完成定稿。他保留了张光宇初稿中的桃形脸谱、弯月形绿色桃叶眉、大耳朵、帽子、豹皮裙等元素。万籁鸣评价:"神采奕奕,勇猛矫健。"孙悟空从此成了中国动画中的经典形象。

《大闹天宫》上映

《大闹天宫》筹备工作告一段落,影片进入绘制阶段。

当时万籁鸣手下有8名原画,他们被分为5组,每组又配备数名助理,以分担不同的镜头绘制任务。万籁鸣给了他们充分的自由,当时他写的分镜头台本甚至没有详细的设计方案,孙悟空怎么从花果山出场,怎么破四大天王的4件法器,都没写。万籁鸣当时有个说法,他是大导演,原画们是小导演,他出题目,原画们做文章。

原画们之前看过的孙悟空,也就是京剧或者年画里的形象,但如何让孙悟空动起来,没人知道。按照万籁鸣的理解,孙悟空应该既有人性,又有猴性,还要有神的力量。为此他特意请来已经退休的京剧大师"猴王"郑法祥给大家上课。

原画严定宪和林文肖被分在一组,负责绘制孙悟空从花果山出场的镜头。最终，他们的想法是在京剧演员给他们上完课之后产生的。京剧演员告诉他们，舞台开场很有讲究，一般先锣鼓响起，一些龙套拿着旗幡从幕后出来开始走台，把阵势摆好，之后就听到后台一句高声唱腔传来，唱完后，主角就"哒哒哒哒"从后台走上前，走一圈后到台前站好摆一个架势，最后报上名来。

最终，在严定宪和林文肖绘制的那组画面里，镜头便随着小猴子从水帘洞里跳到石板桥上，小猴子们用月牙叉把水帘叉开，镜头推过去，金光一闪，远远地看见孙悟空，几个跟头一翻，画面变成近景，孙悟空完成亮相——这就是花果山的大王，小猴子们纷纷欢呼。

那时没有电脑，所有动画设计全凭画笔。10分钟的动画通常要用7000到1万张原画，而《大闹天宫》50分钟的上集和70分钟的下集，仅绘制就用了近两年。严定宪他们一天到晚坐在工作室里，每天至少工作10小时。

1961年，《大闹天宫》上集上映，张光宇因病只能在家里用电视看拷贝。

绘制《大闹天宫》所用的成千上万张化学版，是通过香港进口的赛璐珞片。令人遗憾的是，当时那些化学版很珍贵，上集拍完后就全部浸泡在清水里，一张张珍贵的画作就这样被洗掉，再用柔软的纱布把版子擦干，制作下集时继续用。

1964年，《大闹天宫》下集终于制作完成，但得到的上级指示是"暂时不放"，受当时文艺界"整风运动"的影响，《大闹天宫》被认为是借古讽今。而张光宇也没能看到《大闹天宫》的下集。1965年5月，65岁的张光宇去世。随后，"文革"开始。直到1978年，整部《大闹天宫》才第一次面向观众放映，并获得当年伦敦国际电影节最佳影片奖。

"文革"后，《大闹天宫》的首席原画严定宪做了《哪吒闹海》的导演，林文肖成了《哪吒闹海》的首席原画，而负责著名桥段"哪吒自刎"

那场戏的原画，则是后来动画片《宝莲灯》的导演常光希。20世纪80年代，在上海美影厂老厂长特伟即将卸任、新厂长严定宪即将上任之际，两个人与林文肖共同导演了动画长片《金猴降妖》，继续讲述《西游记》中"三打白骨精"的故事。

2015年，动画电影《西游记之大圣归来》火爆上映，获得9.56亿元的票房。导演田晓鹏曾说，自己小时候最喜欢《大闹天宫》里的孙悟空，随着年龄的增长，发现《金猴降妖》里的孙悟空更吸引他。"《大闹天宫》里的猴子可能十几二十岁，而《金猴降妖》里的猴子更像一个成熟的中年人，透着侠气。"于是，《金猴降妖》里的孙悟空最终成为他自己的动画电影《西游记之大圣归来》的形象灵感来源。

（摘自《读者》2020年第18期）

网络初年的中国故事

不太老

1997年。

福建某大学的文科某专业，迎来了一名新生，她叫何婷芳，来自龙岩山区。开学不久，她生病了，医院诊断为"神经胶质瘤"，很难治。

她的父母本来就是穷困农民，送女儿上大学已经倾尽所有，生病后，能借的钱很快都借了，且用完了。

杯水车薪。何婷芳的病情急剧恶化，生命垂危。她所在的系的学生会主席H，社会活动能力非常强。他找到学校的著名中文学者、文学评论家孙教授，手写了一篇救助信。

那天福州下雨。他拿着这封信冲进雨中，来到当时的福建电信。福建电信当时有个BBS，发帖的人并不多，当时一天有10个帖子已经算很热闹了。

当时，中国开通互联网公共服务才2年多。全国网民刚刚突破100万人。新浪要2年后才成立。"上网"是一件很稀罕的事情。

但他还是想试一试。

他当时并没有电脑。那时，电脑才刚刚开始进入百姓家，比较有钱的人家才有。那时，也没有能上网的手机。那年，我的大哥大价值2.8万元，全福州也没几台。但是他不知道为什么，就是执拗地觉得，网络能救他的同学。

福建电信的员工看到孙教授的求助信和湿淋淋的H，非常感动，很快把这封求助信发到了网络上。

26分钟后，天慢慢黑了下来，我忙完一天的工作，开始浏览网页。我看到了这封求助信。我回帖说，我去看看。

然后我也冲进了雨中。当然，我是开着车冲进了雨中。

福州是个不大的城市，对这儿我了如指掌，很快就找到了何婷芳的病房。我见到了她的父亲和同学们，并且很快就了解到信息属实。我身上带着几万块钱，一部分给医院，付清了欠费和规定的预付款，一部分直接交到何婷芳手里。我说，不要放弃治疗，我明天还会来，每天都会来。

回家后我想试试网络到底能有多大用，就发起了募捐。

当时这件事并不容易。1997年，只有一种银行卡——招商银行一卡通，可以远程转账。而招商银行进入福建，还要等上3年。一网通实现网上支付，还是2年后在8848实现的。而银联，要再等5年才诞生。这5年里，你去超市都能看到一大排POS机——每个银行一个。马云还在做"中国黄页"，马化腾还在打工，支付宝和微信支付，都还是很遥远的事情。

除了邮局汇款，并没有其他办法转捐款。募款人每天要拿着邮局送来的汇款单，到邮局去取出现金。

现在来看，这风险好大。募款的人跑了怎么办？

大家那时一致推举我来收捐款。他们一致认为，打死我都不会跑。

我说好吧。不过我有个条件：成立一个委员会，订立一些规矩，一起督管这笔钱；汇款单大家一起登记，钱我去取出，存入另外一个专用存折；捐款的使用，委员会一致通过才可以划拨，原则上只能用于何婷芳的治疗和康复、营养费用。

没想到，这个委员会一直到十几年后才完成使命，彻底解散。

这个委员会有我，有一名志愿的律师，一名会计师，还有一名同学代表——你们一定猜到是谁了。

奇迹发生了。很快，雪片般的汇款单纷至沓来。30万元！真金白银。

更多的奇迹接连发生。这个奇迹被当时发行量巨大的《电脑报》《中国青年报》乃至《人民日报》报道后，好运连续降临。

当时北京天坛医院的王忠诚院士，是中国最牛的神经外科专家，同意为何婷芳远程诊疗，免费。

当时的网速处于 K 而不是 M 时代，蜗牛爬一样。福建电信奇迹般地很快搭建了远程诊疗支撑系统。听说这个系统一直用到现在，拯救了无数生命。当然，设备已升级许多次了。

王院士远程诊断以后说，只能送来北京了，我亲自做手术，免费。

厦门航空提供了免费机票。

我的一个极为要好的朋友，将门之后，提供了在北京的所有后勤服务，包括当时少见的奔驰商务车。为了担架可以进去，他拆掉了车上的豪华座椅。

天坛医院，协和医院，博爱康复医院，一路绿灯。去时奄奄一息被抬上飞机的何婷芳，来时自己蹦蹦跳跳走着下飞机，回到了福州。

何婷芳顺利完成学业，成为一名她向往的乡村教师。

多年后，何婷芳因为意外身亡。H代表我们大家去送了她最后一程。然后提起，账上还有一些钱没有开支完，问我们怎么办。我提议，交给她家里，请大家表决。

一致通过。每一分钱，都下落清楚。

网上救助，我们可能是第二例。网上募捐救助成功，我觉得，我们是当仁不让的中国第一例。

而且一点儿纠纷都没有发生，每一分钱的下落都清清楚楚。

年纪轻轻的H，是这个传奇中最关键的一员。

他现在的网名广为人知——花总。

他颇有几个兄弟。比如，我。

（摘自《读者》2019年第5期）

绿的力量

赵东辉　吕梦琦　王菲菲

绿，曾是山西右玉最稀缺的颜色，如今却是这里最厚重的底色。

中华人民共和国成立初期，右玉林木绿化率不到0.3%，一年到头，黄风肆虐，粮食产量极低，严重威胁当地群众的生存。

70多年来，21任右玉县委书记以"功成不必在我"的境界，带领干部群众持续不断地植树造林，创造了将"不毛之地"变成"塞上绿洲"的生态奇迹，铸就了右玉精神丰碑。

右玉，是中国共产党人生态文明建设的生动样本。

县委书记的接力

右玉，位于晋蒙交界、毛乌素沙漠风口地带，面积1900多平方千米。

昔日这里的生存环境到底有多么恶劣？《朔平府志》中记载："每遇大风，昼晦如夜，人物咫尺不辨。"

"春种一坡，秋收一瓮；除去籽种，吃上一顿。"这就是右玉人过去生活的写照。

故土难离，沙海求生。怎么办？

带着这道"必答题"，1949年，右玉县第一任县委书记张荣怀上任第二天就带上水壶，开始在全县进行4个月的徒步考察，终于在一个长满树木的偏僻山沟找到了答案。因为有树的庇护，那里的土豆和莜麦产量比其他地方高出好几成。

"要想风沙住，就得多栽树。"从1950年春到第二年秋天，张荣怀带领右玉干部群众挖树坑、插树苗，造林2.4万多亩，从此拉开了一场跨越70多年的"绿色接力"。

"换领导不换蓝图，换班子不减干劲。"在右玉，每一任县委书记的背后，都有一段感人的种树故事。地图、铁锹和水壶，曾是他们必备的"三件套"。

右玉县第5任县委书记庞汉杰患有严重胃病，体重不到100斤，上级原本打算将他调到其他富裕的县，但他坚持留在右玉种树，一干就是7年。在庞汉杰带领下，右玉干部群众摸索出了"穿靴""戴帽""扎腰带""贴封条"等种树方法，实现大片造林14万亩。

"'飞鸽'牌干部要做'永久'牌的事。"这是右玉县第11任县委书记常禄的名言。他经常说，干部经常调动是"飞鸽"牌，植树造林才是"永久"牌。在右玉工作8年，常禄每到植树季节都坚持带着一家6口和其他群众一起上山种树，右玉也一跃成为山西省人工造林面积最大的县。

由于积劳成疾，常禄去世时年仅59岁。临终前，他没立遗嘱，没安排子女的事，而是把右玉县的几位干部叫到病床前，叮嘱他们："树是右玉的命根子，要保护好。"

过去，想在右玉种活一棵树，"比养活一个孩子还难"。

因为难，右玉历任县委书记都爱树如子，对这里的一草一木饱含深情。

1991年，在右玉工作了12年的第13任县委书记姚焕斗，即将调到另一个县。临上车前，他返回办公室，拿上平时种树用的铁锹，从门前大叶杨上摘了几片树叶，夹在笔记本里，才含泪离开。

如今，接力棒交到了第21任县委书记张震海手中。右玉林木绿化率不仅从当年不足0.3%提高到现在的56%，右玉还成为远近闻名的育苗基地，培育各种苗木8万多亩。张震海说，从过去缺树苗到现在卖树苗，右玉已经发生了天翻地覆的变化，成为一片充满希望的沃土。

手拉手的同心力

如果不是根植于人民，右玉的奇迹就不会发生。

"黄沙洼呵黄沙洼，吞了山丘吞人马。"在右玉县头水泉村村后，有一道长20千米、宽4千米的黄沙梁，被当地人唤作"吃人的大狼嘴"。

今年71岁的头水泉村党支部书记王明花，从9岁起就跟着父母、老师一起去黄沙洼种树。长大后，她成了村里的妇女主任、村委会主任，一直到49岁当了村党支部书记，植树是她生命中的重要内容。

在右玉种树，从来都是干部群众、男女老少一起上，不讲条件、不计报酬。

王明花记得，20世纪五六十年代，村里的劳动力每个春天最少要做30个义务工；包产到户后，每人种30棵树苗；20世纪90年代以后，人们义务植树仍热情不减，只要村里大喇叭一喊，有三轮车、四轮车的村民就拉着大伙儿上山了。

干群同心，其利断金。那个吞天吃人的"大狼嘴"如今成了绿山岗，有林地2.2万亩。

在70多年的植树造林中，右玉全县干部群众夜以继日地义务植树。在近300万亩的土地上，右玉人民摸爬滚打在沟梁山壑之间，让大地一点点绿了起来，他们中有农民、有工人，也有机关干部。

过去在右玉，每个机关单位办公室的门后都会放一把铁锹。几十年来，仅机关干部就义务造林30多万亩，先后营造了文教林、政法林、财贸林、宣传林等十几个造林基地。

"大家抢着干、比着干，手掌上没有结茧，就觉得自己不光荣，没卖劲儿。"一位机关干部这样说。

"一把铁锹两只手，干罢春夏干冬秋。"一代代右玉人为绿化家乡、造福后人作出了巨大牺牲。

刘政是李达窑乡乔家堡村护林员。2000年夏天，一场暴雨冲倒村后的水泥电线杆，压断了3棵松树。老刘打算搬开电线杆去救树，不料，电线杆竟滚落，砸在他的胸前，大口的鲜血洒在松树上。他留下的最后一句话是："把我葬在树根下。"

矗立在小南山上的绿化丰碑，由人字形的大树合抱而成。正是千千万万右玉干部群众同心协力，才铸就了这座绿色丰碑。

绿色的生产力

隆冬时节，右玉的气温骤降到零下30多摄氏度。寒风虽然刺骨，但循着右玉的绿化足迹，人们仍然能感受到，这片昔日的不毛之地正孕育着新的生机。

苍头河畔，一抱多粗、十几米高的"荣怀杨"在寒风中肃立，像一位倔强的战士守护着脚下的土地。

70年前，张荣怀在这里种下第一棵杨树时，四周还是黄沙遍地。如今，苍头河两岸已是郁郁葱葱，成为国家湿地公园，在这里栖息的鸟类从过去的18种增加到128种。与之相隔500米的右卫镇马营河村是直接受益者。这几年，村里相继建起民宿，树下长出了羊肚菌，地里还种上了菊花，发展起了大棚种植。

"生态好了，人的脑子也活了。"马营河村党支部书记朱义说，去年全村人均纯收入达到1.22万元，同比高出近四成。

在马头山绿化1.2万亩荒山的李云生，现在也苦尽甘来。

2002年，他拿着承包驾校挣的几十万元回村绿化荒山开发旅游资源，"走进去才发现是一个无底洞"。无路可退，他只能四处借钱种树，先后投入400多万元。

"最难的时候，等结完工人工钱、还完债，连过年的钱也剩不下，只能和老伴躲在山里吃干粮。"他说。

如今，山上的树木已逐渐长高，1000亩杏树也挂了果。李云生又养了100多头牛，今年收入七八十万元，这位65岁的老人干劲越来越大。

"现在政府正在修环长城公路，等路修好了，我十几年前发展旅游的梦想一定能实现。"他说。

绿色给右玉人带来了活路和门路，而这正是"绿水青山就是金山银山"的注脚。

右玉地下探明煤炭储量高达34亿吨，但右玉人始终坚持让它埋藏在地下，不要黑色 GDP，而要用绿色生产力，交出一份份令人满意的答卷。2018年，右玉在全省率先脱贫摘帽；2019年，城乡人均可支配收入增幅接近10%；2020年，在新冠肺炎疫情的冲击下，右玉的固定资产投资仍增长10%以上，全年经济实现正增长。

寒冬下，一串串黄色的沙棘果在阳光下熠熠生辉。这种浑身长满硬刺的灌木是防风固沙的优良树种，如今已经遍布右玉山头河畔，成为这块神奇土地"涅槃重生"最生动的写照。

"右玉精神"的扩张力

右玉，赢在当下，更赢在未来。

在移民新村康平村，一排排农家小院干净整洁，水、电、暖、网一应俱全。温室大棚内，红红的草莓挂满枝头，芹菜、黄瓜、西红柿等蔬菜长得正旺。

作为"国家森林乡村"，这里的村民靠着生态观光农业吃上了"旅游饭"，成为右玉脱贫摘帽后新农村幸福生活的缩影。

种下梧桐树，引来金凤凰。

"现在右玉名声在外，出去举办招商会，感兴趣的人很多。"右玉县商务局局长李国兵说，从2017年开始，不断有外地客商前来考察，十多个新兴项目相继落地。

投资4亿多元的国家级青少年足球夏训基地已见雏形，在这片420亩的土地上，将建成22个标准足球场地。

"这里的环境是一流的，这里是天然氧吧。"基地负责人王东伟考察过很多城市，独特的生态和人文优势让他最终选择了右玉。

曾经"走口外"的右玉人如今正在上演"雁还巢"。

中大科技、永昌 LED、塞上绿洲……在这些绿色科技企业里，到处都有年轻人的身影，一些周边县区的人甚至举家搬迁至此。

"右玉未来将是旅游胜地、康养福地和投资洼地，更是一片精神高地。"张震海说。

右玉人用绿色改变命运，更用勇敢、坚韧、无私浇灌"右玉精神"开花结果。

"右玉精神"体现的是全心全意为人民服务，是迎难而上、艰苦奋斗，是久久为功、利在长远。

这就是右玉创造生态奇迹的密码，也是共产党人不忘初心的力量源泉。

行走在右玉，一片片整齐排列的树木宛如优美的画卷。右玉精神展览馆、绿化丰碑、松涛园、苍头河……来自全国各地的人们被这片绿色吸引，被这种精神感染。

从绿起来到富起来，历经70余载绿色耕耘，如今，右玉正书写着新的春天。

（摘自《读者·庆祝中国共产党成立100周年特刊》）

承认孩子是"学渣"

尼罗德

　　杭州有个小学生，眼下在读六年级，我们且叫他小胖吧。小胖每天放学，不是去补习班，也不是去运动场，而是飞奔回自家的厨房。等到爸妈下班回家，小胖已经准备好了一桌好看又好吃的晚餐。

　　值得一提的是，这样的情景已经持续了三年之久。小胖从三年级萌发对厨艺的巨大兴趣之后，就保持着放学回家先做饭的习惯。照理说，小胖爸妈应该感到欣慰、自豪，因为自己的孩子孝顺又勤劳。

　　但是，孩子放学回家做家务，在今天关于"好孩子"的考评体系中是未被纳入的。相反，小胖的妈妈还很忧虑，因为小胖的学习成绩。六年级上学期期末考试，小胖数学只考了1分。小胖不只是数学差，其他学科成绩也很差。从三年级开始，小胖的考试成绩就一直稳居全班倒数第一。

　　三年来，小胖的母亲四处寻求帮助。在全部尝试无效之后，小胖的父母终于将目光转向了儿童医院。经过医生诊断，小胖在学习上确实有注意力缺陷。

故事说到这里，并没有结束。在医生的提醒和班主任的筹划下，小胖所在的班级专门为小胖组织了一次展示厨艺的班会。平时被人轻视的小胖，展示了令同学们刮目相看的手艺，很多同学当即改变了对他的看法。

借助这样一次班会，小胖收获了极大的自信。有了自信，小胖的学习成绩也有了明显的提高。对很多自卑的孩子来说，他们缺少的正是一个建立自信的起点。很显然，小胖不可能在学业上找到这样的自信起点。而他对厨艺的迷恋，既可能是兴趣使然，也可能是在逃避现实。

医生、老师和父母，实际上做了一件事，即把小胖在厨艺领域的自信腾挪到学习领域，让小胖收获同学的认可、认同。学校里的学习，其实不是一个人的事情，而是一种人际关系中的行为，同学们认可小胖，愿意帮助小胖，不随意嘲讽小胖，这就是小胖有所进步的根本所在。

对小胖所在的班级来说，为小胖举办一次班会，让其他同学刷新对这个"学渣"的认识，对其他同学也是一种教育。其他同学会意识到，对人的判断不可使用单一标准。

我并不能预计小胖今后的人生将何去何从，但从我的经验出发，觉得他父母学历不高，经济能力有限，对他可能反而是一桩好事。假如小胖的父母出身于名校，又戴着完美主义的面具，那么小胖的厨师梦大概会被强行丢弃，各种高价的补习班还将相继扑面而来。

所以，父母愿意认可医生的诊断，愿意承认自己孩子是个"学渣"，愿意支持孩子从事普通的职业，这是孩子最大的福分。在此基础上，如果小胖所在的班级、学校能够不完全以学业竞争为目标，给小胖这样的"学渣"更多的自我发展空间，那么这样的班级、这样的学校则有可能创造奇迹。

　　对父母来说，接纳自己的孩子成绩不优秀，这是一种不可多得的能力。对于那些毕业于名校，手握重权或重金的父母，接纳自己的孩子是"学渣"，更是一种极为宝贵的品质。

（摘自《读者》2020年第2期）

葬花词、打胶机与情书

安小庆

《红楼梦》第三十五回：

> （林黛玉）一面想，一面只管走，不防廊上的鹦哥见林黛
> 玉来了，嘎的一声扑了下来……那鹦哥便长叹一声，竟大似林
> 黛玉素日吁嗟音韵，接着念道："侬今葬花人笑痴，他年葬侬
> 知是谁？试看春尽花渐落，便是红颜老死时。一朝春尽红颜老，
> 花落人亡两不知！"

10多年前，当拿着《新华字典》刚开始看书的吴桂春，第一次读到此
处时，他内心的胜负欲被那只鹦鹉彻底点燃了。

他惊叹连林黛玉的一只鸟都这么厉害："一只鸟都会背诗，我却不会。
我不把这个诗背会，就白看《红楼梦》了。"

在那之后的10年里，吴桂春前后看了4遍《红楼梦》。被鹦鹉激发的自

尊和学习热望，不仅让他记住了《葬花词》，也让他于"漂"在东莞这个"世界工厂"的10多年里，过上了一种来往于流水线和图书馆之间的双重生活。

双重生活

2003年，湖北孝感人吴桂春的父亲去世，妻子也在这年因为贫困选择离开他和儿子，加上早先母亲去世，那一年，吴桂春孤身来到东莞。小学毕业，37岁。这样的学历和年龄，让他刚踏上东莞的劳动力市场，就被划归到最没有竞争力的人群里。大厂的流水线永远只欢迎年轻的壮劳力，像吴桂春这样的大龄劳工，只能被扫向规模微小、环境恶劣的小工厂。

东莞厚街是世界"鞋都"，吴桂春所在的这片园区因与厚街交界而衍生集聚了近百家温州人开设的小型鞋厂。这些像火柴盒子一样微小又密集的小作坊，藏身在村民的自建楼里。刚进厂时，吴桂春只能做杂工：扫地，搬鞋底，扛皮料。时间长了，他学会了鞋子装盒前的最后一道工序——打磨。打磨需要两样工具，一样是打胶机，一样是热风枪。打胶机的机头高速旋转，能够清除鞋身上干了的胶水和污渍，热风枪则能够烧掉露出来的线头。打磨之前，还有十几道工序，吴桂春很多时候都在等待。在等鞋的间隙，吴桂春喜欢把凳子提到光线充足的走廊去看书。

从2003年到2020年，17年里，吴桂春都独自过活。为了负担儿子中学、大学、研究生期间的学费和生活费，他过着一种最低限度的生活。房租一个月180元，手机是月租8元的老年机，每天的生活费控制在30元左右。每个月的工资留下1000多元，其余的都拜托鞋厂老板转给儿子。

工作没有技术含量，更没有成就感。到了淡季，大把时间无处打发。

工友们斗地主、逛街、游乐，他没有余钱打牌和消费，只能从地摊上买几本旧书来打发时间，第一次看八十回的脂批本《红楼梦》就是在此时。

从地摊买书读书打发了两年时间后，2007年的一天，一个工友推荐他去东莞图书馆。那时，他住的地方离图书馆不到一公里。

第一次去图书馆，吴桂春内心忐忑，担心要花钱。看到门口的保安，他有些畏惧。那天进去，保安没有查身份证。他从三楼的书刊借阅室拿了一本书，一直看到晚上，出来也没人理他。他确认这个图书馆不收费之后再没了顾虑。第二次去时，他带上笔和本子，把不认识的字记下来，回去再查字典。鞋厂淡季没有活儿，他吃过早饭就进去，待到晚上才出来。

从那时起，吴桂春在相隔一公里的鞋厂和图书馆之间，开始了自己的双重生活。他办理了图书证，开始外借图书。从书架上成系列的名人传记开始，他渐渐对历史、文学产生了兴趣。这些年通过自学，他看了《资治通鉴》《东周列国志》"春秋三传""三言二拍"……

吴桂春觉得命运的安排很有意思。如果当年不是因为年纪大进不了大厂，而来了图书馆附近这片不断在缩小的工业园，那么也就没有后来的所有事情了。

多元、混杂且富有弹性的产业生态，让吴桂春和他这一代的大龄务工者，在温暖的南方缝隙里生存了下来。位于城市中心的图书馆，像海上的灯塔，在偌大的异乡城市里，给了孤独的人们最绵长的陪伴和慰藉。

一封情书

2020年春节假期前，准备回家过年的吴桂春告诉鞋厂老板杨力，儿子工作稳定了，新的一年他不来鞋厂做事了，想找个轻松的活做。杨力没有挽留他。中美贸易摩擦让东莞的制造业经受了巨大的震荡。

随后，新冠肺炎疫情打乱了所有人的计划。原本2月就要回东莞找工作的吴桂春一直在老家待到了6月。直到6月23日，端午节前两天，他才回到东莞。来之前，他从电话里已经知道鞋厂倒了一片，许多工友都没有找到工作。他明白自己在东莞再找一份工作的希望十分渺茫，便准备清退掉房子和图书证，回老家去打小工。

24日中午，吴桂春去图书馆一楼的服务台退图书证。当天值班的是馆员王艳君。退证需要提供图书证和身份证，吴桂春递给她身份证，却一直把图书证拿在手里揉搓。

王艳君觉得有些奇怪，问："怎么了呀？""我舍不得退啊，我从2008年开始在你们这里看书，看了那么多书，要不是找不到工作要回去了，我绝对舍不得退的。"吴桂春说。

办证、退证是总服务台日常工作中最常见的事。因为地域的关系，东莞图书馆有着和其他城市图书馆不一样的工作节奏。每年春节前，大量外来务工者来退证；等到开春，人群又洄游到服务台来办证。

绝大多数读者退证时，是平静而干脆的。在图书馆工作了16年，王艳君第一次看到一个退证的读者，表现出这样的眷恋和不舍。看了一眼身份证——55岁，王艳君想，其他人退了证还可能再来，他肯定觉得自己年龄大了，以后不会来了。王艳君觉得这太难得了。她拿出一张读者留言表，请吴桂春留言。

吴桂春构思了几分钟，心里慢慢平静下来。随后，他写道：

> 我来东莞17年，其中来图书馆看书有12年。书能明理，对人百益无一害的唯书也。今年疫情让好多企业倒闭，农民工也无事可做了，选择了回乡。想起这些年的生活，最好的地方就

是图书馆了。虽万般不舍，然生活所迫，余生永不忘你，东莞
图书馆，愿你越办越兴旺。识惠东莞，识惠外来民工。

吴桂春写完留言离开后，服务台轮班吃饭的馆员慧婷回来了。她看了留言，感觉"就像一封情书，'余生永不忘你'，这是像爱情一样浓烈的感情"。她用手机拍下留言，发到图书馆内部群里。此后的24小时里，通过朋友圈、社交平台、媒体的转发，"读者留言东莞图书馆"成为刷屏的公共话题。

6月25日上午，吴桂春还是有些不死心。他扫了一辆共享单车，把附近的几条街都转了一圈，却没有找见一张招工广告。然而命运在24小时里因为一条留言发生了变化。晚上，他接到当地人社部门的电话，对方询问他对工作的想法，希望能帮他找到合适的工作，让他留在东莞。他回复对方，自己最大的要求就是能留在离图书馆近的街区。随即，一家物管公司通过人社部门找到他，这家公司愿意提供一份小区绿化维护的工作给吴桂春——小区离图书馆不到两公里。吴桂春应下了这份工作。6月26日，吴桂春离开居住了17年的出租屋，搬入物管公司的员工宿舍。

看上去似乎是一个接一个的偶然，最终改变了吴桂春的生活。但几乎每一个接受采访的人都提到了同一个细节——如果那天不是馆员王艳君值班，如果她没能敏锐地观察到一个普通读者退证时的不舍，进而请他留言，那么这个故事也就不会发生。

避难所

2002年，北方人李东来来到东莞。新世纪刚过去两年，所有人都对未来充满乐观的想象。

李东来也不例外。从北京大学图书馆学系毕业后，34岁，他就做了辽宁省图书馆副馆长。2002年9月，李东来作为高级人才被引进到东莞，担任东莞新图书馆的馆长。

图书馆读者服务中心主任莫启仪回忆，开馆前，根据人口构成和读者需求，李东来和管理层经过讨论，共同确立了东莞图书馆的办馆理念：休闲，交互，求知。

许多人不理解，为什么图书馆不把"求知"而是把"休闲"放在第一位。王艳君记得新馆筹备开放前，李东来经常讲"休闲"这个事。"老李就说，你不要管他看不看书，你就让他先进来就好了，哪怕他进来，不知道这地方是干什么的，进来溜一圈，只要不打扰别人，干什么都行。"

东莞有数百万外来务工人口，"普遍学历不是特别高，你要是直接说，这里面有一些关于中西文化对比的讲座，他是不会感兴趣的"，王艳君觉得把"休闲"放在第一位，"就是鼓励他们先进来看一看，最后才是读一读"。

此外，岭南夏季酷热，莫启仪认为，"图书馆除了学习，也可以是大家休息的地方，这里有空调和比较舒适的阅读空间"。

这些对图书馆理念的定位，都基于李东来和同事们对东莞这个"世界工厂"的深切体察。按照官方的统计数据，东莞市户籍人口仅有190万左右，常住人口却在830万左右，外来务工人员占比近80%。户籍人口和外来人口比例的悬殊倒挂，让东莞在改革开放后的40年里，成为中国最具个性和包容气质的城市之一。

王艳君说："不用花钱，又有水和空调，不失为一种把大家吸引到图书馆来的方法。其实它更大的是一种标杆作用，告诉大家有这么一个地方，你最差还可以到这里来过夜。"

在这些年接触的读者中，令王艳君记忆最深的是一对母女。

2009年的一天，一对母女出现在图书馆的漫画阅览室。小女孩五六岁，身上很脏，手是黑的。女孩的母亲告诉王艳君，她在家里总被打，便带着女儿跑出来了。漫画馆的工作人员每天给母女俩买饭。晚上两个人就住在24小时图书阅览室里。王艳君很喜欢那个小女孩。有一天，她给女孩画了一张铅笔素描。又一天，女孩不知道从哪里得到两只小小的奶黄包，把其中一只放在服务台上给她，就跑了。

母女俩在图书馆住了一个多星期。王艳君和同事一直在想如何才能真正帮到这对因家暴而出走的母女。王艳君说，要不帮你联系社会救助机构？她记得那个母亲不好意思地笑了笑，那天之后，母女俩再也没有出现在图书馆。10多年过去了，王艳君不时会想起母女二人，她总疑心是自己没有做好，为此一直很自责。

"社会需要一些这样的公共空间：它们没有门槛，一般不收费，不需要资格审查，每一个社会成员都能放心地进入，并在一定范围内获得资源和支持。"图书馆专业学者范并思觉得，这样的公共空间是极其重要的，它们是促进社会包容的"城市灯塔"。

在一篇名为《图书馆：温暖和希望》的论文中，李东来这样写道："对很多都市中的边缘人、失落者来说，公共图书馆不仅是精神的栖息地，也是身体的避难所。"

（摘自《读者》2020年第18期）

月光烧成的灰

董改正

不能解释的都是奇迹。外婆一直在等一场霜。

霜落之后，菜就甜了。腌白菜，腌芥菜，腌雪里蕻，上色入味。腌萝卜尤其美味。老种白萝卜，纺锤形的，洗净了，切成月牙状，齐齐码在竹簸箕上，像一只只小白鸭。最初是晶莹水润的，半日后就蔫了，边角内卷了，有了皱纹，惹了灰黄。再晒一日，吹小半天风，就可以下坛坛罐罐腌制了。

每到大雪后，我都会给旅居海口的李君寄点儿咸货。咸鸭子，咸肉，他都特别喜欢。海南冬天的轻寒不够锋锐，就像挠不到的痒，不足以让腌味侵入腌货内部，无论如何也炮制不出记忆里舌尖上的"腊味"。用冰箱模拟内地的冬天，腌出来也只是概念上的咸货。味觉的火柴棒，无法引燃舌尖上记忆的草蛇灰线。到底还是不行。

缺了什么呢？

母亲的腌菜手艺，比起外婆的要差很远。外婆腌的萝卜缨子，一根根似金丝缕缕，拍碎的蒜如碎玉，切丝的辣椒如红线。用干筷头夹一碟子，下入烧熟的香油，略翻炒，脆黄酸香，宜配稀饭干饭，宜搭面条，宜夹馍，寡吃也好，只是太奢侈。外婆腌的水萝卜，水个嫩嫩，黄个生生，咬一口，嘎嘣脆，润润的酸，酸得半夜想起来不吃一块就睡不着。村里有个孤寡老人，临终前想吃一口我外婆腌的水萝卜。外婆赶快送来，老人吃了一口，长叹一口气，这才去了。外婆腌的五香萝卜更是极品。我不曾见过谁会把萝卜切成那样的长条，长得像蚕豆的豆荚，简直有点儿媚，像青衣的水袖。那会儿，一排排这样的萝卜躺在竹簸箕上，就像一条条秀美的江南划子停在河边，在月色里轻轻荡漾。

我记得那是个月色皎洁的冬夜，霜染大地，晚村寂寥。院子里，芦秆编成的晒席上，依然晾着萝卜干。露珠在凝结，霜也在凝结，漆黑如墨的树冠里，鸟呢喃有声。霜是凝华态，露是液化状，总归是水的前世今生，总归是和着尘土的，脏，回潮。外婆笑着说不怕，天明吹一阵小风，晒半天日头就好了——哪里就脏了呢？她笑着看我，月光连忙照亮了她的脸。我立时就赧然了。外婆用新稻草烧灰，沾染白净如玉的糯米裹粽子，我能一口气吃三五个，不蘸糖。外婆将绿豆壳晒干了，焚成灰，晒好，放一把煮稀饭，那个香，那个糯，今生恐难重温了。

外婆走了很多年，母亲也已经七十三岁。母亲一辈子忙碌，没有时间将心思放在食物上，食物对于她就像汽油对于汽车，是续命的能量而已。那天我给她做了蒿子粑粑，她说真好吃。她是知道好吃的。外婆一生悲苦，却依然那么热爱生活，热爱生命。不能解释的都是奇迹，外婆便是。爱是最大的奇迹。

霜未至，月色如霜。等霜落后，今年我要腌点儿萝卜，腌点儿肉，腌点儿鸭子。今年我得给李君寄一些去。我或许还应该告诉他，其实参与味道酿制的，不仅仅是温度，可能还有虫鸣、犬吠，可能还有月光烧成的灰。

（摘自《读者》2022年第6期）

肩抗生活，心怀希望

周　科　李思佳

这是一次11年的寻找。

2010年1月30日，全国进入春运的第一天，记者周科在南昌火车站广场拍下了这样一张照片：一位年轻的母亲背着巨大的行囊，抱着年幼的孩子，艰难前行。

11年来，这张照片不断在网络和社交平台上流传，不断被各大媒体引用、转发，并成为"春运表情"。

11年来，众多的询问和反馈，让记者后悔当年"没有留下那位母亲的联系方式"。在众多网民和关注者不断发来的相关信息里，周科开始了一场漫长的寻找之旅。

随着信息一点点地拼凑，照片一张张地对比，当年那位母亲的信息越来越清晰：巴木玉布木，32岁，彝族人。

2021年春节前夕，在四川省凉山彝族自治州越西县瓦岩乡桃园村，周科终于找到了镜头里的年轻母亲。

1

见到巴木玉布木时，她笑得灿烂，看不出岁月的沧桑。与11年前照片中一样，她盘起头发、背着孩子迎面走来，除了略显瘦削，那双眼睛依旧明亮。

她的身后，是刚刚建好的新房，钢筋水泥结构，结实的板材门窗。"住上大雨漏不进去、寒风吹不进来的房子，是我小时候做的梦。"曾在土坯房住了30年的巴木玉布木，童年的家在半山腰，出嫁后的家在山脚下。变的是海拔，不变的是土坯房。

住进新房，巴木玉布木偶尔还会做噩梦：害怕孩子们冻醒，更担心房子塌下来。

曾经，每到雨季，屋外下大雨，巴木玉布木的土坯房里便下小雨。雨水落在地面不打紧，可时常会滴落在床上打湿被子，一家人都睡不了觉。脸盆放在床上接雨，一个不够，再加一个，再不行就用木桶……

巴木玉布木回忆，那时候家里没有通电，漆黑的夜里，夫妻俩就在屋里摸来摸去，凭着感觉找漏水点接雨水。整个晚上，他们就这样抱着熟睡中的孩子盼天亮。

日复一日，年复一年，屋顶的瓦片不知被翻弄了多少次，雨中的不眠之夜又过了多少回。

在未拆除的旧房前，记者推开几块木板拼成的房门，简陋的木板床，补了又补的被褥。从柜中翻出几件黑色的彝族察尔瓦（披衫）。巴木玉布木说："白天当衣服穿，晚上就是被子。"她说自己偶尔去集镇上淘衣服，2元钱一件，也有5元钱一件的，但家里人很少买，"更多是把别人穿旧了不要的捡回来"。

桃园村位于全国"三区三州"深度贫困地区之一的凉山州，10年前，过苦日子的并非巴木玉布木一家。

从她家门口放眼望去，村庄周围，一道道山梁、一级级梯田清晰可见，山上草枯叶黄。远处，一座座大石山高耸入云，根本望不见外面的世界。

"不外出打工，光靠几亩地能吃饱就算不错了。"桃园村第一书记刘剑说，"村里土地贫瘠，不少还悬在半山腰上，播下一颗种子不见得能长出一粒粮食。要是遇上洪涝或干旱，一年的收成就没了。"

巴木玉布木家有6亩旱地，祖上一直以种植玉米、荞麦和土豆为生，每年的收成勉强让一家人填饱肚子。想吃大米要到集镇上买，但家里根本没有钱。2007年，大女儿出生，巴木玉布木偶尔会用节省下来的零钱去买几斤大米，与玉米粉混在一起，给女儿"加餐"长身体。

2009年，二女儿出生，嗷嗷待哺，巴木玉布木感觉看到了自己的童年，她害怕孩子们会像自己一样永远走不出这座大山。

就这样，巴木玉布木做出了一个大胆的决定：出去打工！

2

2010年1月30日，记者在南昌火车站拍摄的那位背负大包、怀抱婴孩匆忙赶车的年轻母亲，正是巴木玉布木。她说，那是她结束在南昌5个月打工生涯，赶着返回大凉山老家的一刻。

她记得很清楚，那天一早，自己扛着大包小包，带着女儿从住处赶到南昌火车站，再乘坐两天一夜的火车抵达成都。在成都，她花了15元钱在一家小旅馆休息了一晚，又搭乘14个小时的火车抵达越西县，从县城回到大凉山的家里，已是深夜。这趟行程，巴木玉布木花了三天两夜。

如今，从南昌坐高铁到成都，最快只需要8个多小时，而从成都乘火车到越西，6个多小时就能抵达。

记者翻出那张曾震撼人心的"春运表情"照时，巴木玉布木既惊讶又感慨。她告诉记者，当年自己背包中装着被子、衣物，手拎的双肩包里是一路需要的方便面、面包，还有尿不湿。她说，那一次，自己背的东西实在太多了，也引得不少好心人上前帮忙。

在巴木玉布木的记忆里，那是她第一次走出大凉山。她的第一份工作是在南昌一家烧砖厂搬砖。

"在砖厂打工一个月能挣五六百元，不多，但比在家里种地强。"巴木玉布木说，白天上班，她就背着女儿一起搬运石砖。女儿在肩头睡着了，就把她放在一旁，自己一边干活一边看着她。

巴木玉布木没念过一天书，更不会讲普通话，连火车票也是同村人代买的。霓虹灯下的招牌、路边的标志等，她一概视而不见。在砖厂打工时，她的活动范围很小，除了睡觉，砖厂就是她的全部。

巴木玉布木告诉记者，自己的童年是在高山上度过的。山下虽然有学校，但山高坡陡，下山的路要走上两个小时。像当地女孩子一样，巴木玉布木从没走进过学校。

她童年的大多时光都在放牛、照顾弟妹，日出日落，每天如此。对巴木玉布木来说，她每天最开心的事情是等着父母干活归来。再大些，她便加入其中，学着种地。

初到南昌，巴木玉布木一边搬砖，一边练习普通话，努力融入陌生的社会。

此前，她从没见过奶粉和尿不湿。外面的世界，对巴木玉布木来说总是很新鲜。

在砖厂打工期间，最令巴木玉布木头疼的，是二女儿经常生病。在老家遇到这种情况时，她会带孩子去镇上的医院看病。但只身在外，她不知道怎么去医院，唯一能做的就是回家。

"那张照片，正是我带二女儿回家的时候。"巴木玉布木说。

不幸的是，二女儿回家后不到半年就因病夭折。自此，她再也没有外出打工。2011年，她的第三个孩子在出生10天后也不幸夭折。

"那个年代，桃园村只有一条泥路通往外界，出行靠马车，医疗条件非常落后，不少孕妇都是在家里生产，小孩子生病很难得到及时救治。"巴木玉布木说。

3

正当巴木玉布木和丈夫打算重新外出打工时，村干部反复提及的"精准扶贫"让夫妻俩看到了希望。

起初，巴木玉布木并不懂什么叫精准扶贫。但她看到，桃园村的土地上"长"出了许多烟叶大棚，不少村民忙前忙后。

从几亩地的试种，到大面积铺开，桃园村一改往年的耕种习惯，开始种植烟叶、果树等经济作物。

巴木玉布木一打听，一亩烟叶能挣好几千元，这不比在外打工差。于是，她与丈夫把家里的6亩地全部改种了烟叶。

第一年，因技术不好、经验不足，夫妻俩仅挣了五六千元，但他们看到了增收的希望。第二年，扶贫干部上门摸底，送来一张贫困户帮扶联系卡，巴木玉布木一家被列为扶贫对象。

随后，从县级联系领导到驻村农技员，再到具体帮扶责任人，大家为巴木玉布木搭建了脱贫平台。对口帮扶干部刘勇，隔三岔五往巴木玉布木家里跑，将烟叶苗送到田间地头，协调技术员手把手指导……

通过学习，巴木玉布木夫妇种植的烟叶产量成倍增加，年收入从几千元增加到几万元，种植面积也从当初的6亩增加到15亩。

与此同时，巴木玉布木还到半山腰上找荒地，在乱石中辟出一块块试种田。

2020年，巴木玉布木家年收入达到10万元，其中工资性收入3万元、家庭生产经营性收入7万元，成功实现脱贫。

作为扶贫对象，2018年，巴木玉布木获得国家4万元的建房补贴，她自筹7万元在宅基地旁盖起了一栋钢筋水泥结构的新房。三室一厅的房屋粉刷一新，干净明亮，还贴上了地板砖，电饭煲、冰箱、洗衣机等家电一应俱全。按照彝族风俗，新居落成，要邀请亲朋好友来家里做客，巴木玉布木夫妇一口气宰了两头牛。

依照国家政策，巴木玉布木还享受到医疗和教育方面的资助。2013年以来，她又生育了3个孩子，全部由县城医院免费接生。目前，大女儿巫其拉布木上初一，次女王雪医读小学一年级，儿子巫其布吉上幼儿园。

记者了解到，作为越西县北部的一所初级中学，新民中学的学生人数已从2015年的873人增加到现在的2425人，其中女生比例由15%增长到51%。在国家的援建下，学校不仅新建了几栋教学楼，还正在动工建设一个标准的运动场。

2018年，桃园村修建了乡村公路，通了电力、网络，以及自来水，村口常遭水冲毁的那座小桥也修葺一新。曾经的上学难、看病难、通信难等问题基本得到解决。

　　走在宽阔平坦的水泥路上，桃园村孩子们的上学路已经缩短到十几分钟。巴木玉布木说："希望他们好好读书，平平安安。无论是生活贫困，还是遭遇不幸，我们都要勇敢向前！"

　　看着巴木玉布木甜美的笑容，记者已然看到11年前镜头里年轻母亲笃定的目光。

（摘自《读者》2021年第9期）

那是一条爱的天路

晓　丽　韩俊杰　张桂洲

懵懂的爱

2002年9月初，古都咸阳，西藏民族学院的新生们正在进行军训。新生陈国琴忽然听到身后的男生低声问："你是云南人吗？""你觉得我像云南人？""我看到你的银镯子很漂亮，是云南的纹饰……"教官马上呵斥道："站军姿还聊天！刚进大学就想谈恋爱，这么迫不及待？"哄笑声中，陈国琴的脸顿时红了。

酷热难当，两人被罚在太阳下多站半小时。挨完罚，陈国琴扭头便走。那个男生飞快地赶上来，把刚买的矿泉水递给她："我叫苟建林，四川的……"陈国琴没好气地推开："关我什么事！"

陈国琴1984年生于四川，入学成绩很不错，是村子里为数不多的大学生之一。她想在大学里好好读书，决定不再搭理苟建林。

军训结束后，苟建林每天晚上都去女生宿舍楼下让管理员叫陈国琴，但陈国琴总是不肯出来。一天，同宿舍的女孩儿去打水，回来时告诉陈国琴："你在暖瓶上贴了名字，苟建林看到就抢着帮我打水，还说以后我们宿舍的水都归他打！"陈国琴听后既羞涩又幸福。但大学4年里，陈国琴从未应允苟建林的追求，也没和别的男生谈过恋爱。

2006年临近毕业时，陈国琴被分配到墨脱中学任教。墨脱是西藏海拔较低的地方，墨脱中学是那里唯一的中学。

苟建林得知消息后，闷闷不乐地说："别去好吗？我在成都帮你找一份工作。"当时，苟建林已在成都一所中学找到工作。但陈国琴拒绝了。

在毕业舞会上，苟建林邀陈国琴共舞，陈国琴不再拒绝。"大家说我们是'最遗憾的一对'，"苟建林在陈国琴耳边说，"真的没法改变了吗？"

"我们可以写信。"为安慰他，陈国琴主动留了墨脱中学的地址。她不知道，由于不通公路，墨脱根本不通邮。

2006年6月，陈国琴启程奔赴墨脱中学。从拉萨到八一镇，再从八一镇坐车到波密，陈国琴折腾了三天两夜。到了波密，疲惫不堪的她才知道，还剩下140公里的山路必须靠双脚走。

等了整整6天，陈国琴才遇见了几名要去墨脱的脚夫。他们背着各种物资，靠双脚走去墨脱县。听说她从没去过墨脱，几个人惊诧地问："那你准备好了吗？那可不是一般人想走就可以走的山路。"

艰苦的跋涉开始了。泥土松软的小路，每走一段就会被溪流和瀑布隔断，大家头顶着沉重的物资在齐腰的水中搀扶着行走，还要小心随时可能发生的塌方和泥石流。一路上脚夫对她非常照顾，但陈国琴还是体力不支，落在了队伍的后面。

5天后，墨脱终于出现在陈国琴面前。她远远望见山坡上一幢小楼，竖着一杆红旗，脚夫们说："那就是墨脱中学。"累到极点的陈国琴"哇"的一声哭起来……陈国琴是学校里唯一的大学毕业生，为此学校给她分配了一间单人宿舍。扔下行李，她立刻伏到桌上给苟建林写信。校长周国仁看到后，问："你是不是在写信？"她这才知道，墨脱不通邮，唯一与外界联系的方式是电话。县政府机要科有一部卫星电话，打电话需书记、县长批条子，要排队半个月才能轮到，还时常断线，陈国琴顿时傻了眼。彻底与苟建林断了联系后，陈国琴才突然意识到，自己竟如此想念他。

坚守那一份纯净的爱情

学校要放暑假了，陈国琴想去一趟成都，准备先给苟建林打个电话。

送她去县政府的路上，校长忧心忡忡地问："电话打给谁？男朋友？"陈国琴羞涩地摇摇头。"以前分配来的大学生都走了，但学校需要你们，我真希望你能留下。"陈国琴忽然想起，当初自己把千辛万苦背来的学习用品分给孩子时，他们并没有想象中的开心，而是有些习以为常的冷漠。他们习惯了别离，习惯了新老师带着热情而来，然后又带着他们的希望而走……陈国琴为此一阵心酸。

7月4日，陈国琴从墨脱出发，然而半路上道路塌方无法前进，只好就地等路修通。两天后，脚夫们带的干粮吃完了，纷纷返回，陈国琴仍继续坚持。7月8日，天气骤变，陈国琴忽然发起高烧，呼吸困难。几名修路人得知她是中学老师，合力将她背回了墨脱。

县城缺医少药，陈国琴苦挨了一个月，路终于通了。赶上雨季，瀑布在山上飞溅，石头变得十分湿滑，每走一步路都要很小心。陈国琴和大家一起风餐露宿，艰苦跋涉。

几经周折，陈国琴终于到达了成都。还没见到苟建林，陈国琴就病倒了。苟建林风尘仆仆赶到病房。3个月的朝思暮想，压抑的情感猛然迸发，陈国琴扑在苟建林怀里结结实实哭了个痛快。苟建林温柔地抚摸着陈国琴的头发说："回来吧，我们在成都生活，我家准备在这儿给我买房子了。"陈国琴触电般推开他："可是，墨脱的孩子们需要我，校长也恳求我留下来。"

不一会儿，医生来查房，他告诉陈国琴，她的病最好能在空气没有污染的地方疗养。陈国琴心想：那不就是墨脱吗？她怯怯地看了苟建林一眼，意思是她非走不可。

3天后，陈国琴要收拾东西回墨脱。苟建林猛然拽住她，坚定地说："我想好了，我也到墨脱去！"陈国琴吃惊地回头看他。以前觉得一点儿都不靠谱的男生，他的爱原来如此坚定。

陈国琴和苟建林一起回到了墨脱。"陈老师的男朋友也来教书了，他们再也不会走了！"这个消息很快传遍了乡野，孩子们欢呼雀跃。学校给两人分配了一间稍大的宿舍。苟建林当即决定："那我们干脆结婚吧！"宿舍就是新房，学校就是他们的家。

夫妻俩的工资除了日常开销以外，还要为那些穷困的孩子支付医药费，虽然捉襟见肘，生活却也简单快乐。放假无事，他们只能像墨脱人一样，砍柴耕地，下河捕鱼。时光荏苒，他们彻底融入了墨脱，教出了一批又一批大山里的孩子……

生命与爱情欣欣向荣

小两口要负责学生们的6门课程，常常从早站到晚，很辛苦，但他们脸上却永远挂着微笑……

与此同时，墨脱发生了翻天覆地的变化。互联网通了，学校配备了一台电脑。可是，通往山外的公路依然是一个遥远的梦。

2007年7月，西北大学地质学院的朱坤显教授、电影学院导演系研究生关兵组织的探险队到墨脱旅游。他们没想到，旅途非常艰险。一行人到达墨脱后，手持DV进行拍摄，一直走到了墨脱中学。热情的苟建林跑出来欢迎他们，聊着聊着，大家知道了他们夫妇的故事，得知了学生们因不通公路无法参加高考，他俩无法考研的情况。大家欷歔不已，情不自禁地拍下了孩子们灿烂的笑脸和苟建林夫妇甜蜜的依偎……回到西安，朱坤显教授到关兵那儿看一路上拍摄的资料，再一次被感动得落泪。关兵将他们在墨脱拍下的见闻以及苟建林夫妇的生活场景剪辑成一部40分钟的纪录片，取名《墨脱情》。

2011年6月，墨脱中学的孩子第一次参加了高考，29名学生考上了大学。一张张红彤彤的录取通知书，映得苟建林和陈国琴的笑容无比灿烂。

同时，《墨脱情》在观众中获得了热烈反响。恰逢釜山国际电影节中韩大学生影展，关兵抱着试试的念头将自己的作品邮寄给评委。2011年10月底，他意外接到来自韩国的长途电话。纪录片《墨脱情》以质朴的情节打动了评委，一举夺得釜山国际电影节纪录片大奖！

在苟建林、陈国琴的邀请下，苟建林的父母第一次来到墨脱。看到儿子儿媳在这儿生活得平淡而幸福，他们与苟建林之间的芥蒂终于解开了。"他有自己的追求，他选择的人生与爱情虽然艰苦，却也拥有别样的幸福。"60岁的父亲感动地说。临别，他拷贝了一份儿子儿媳多年收藏的数码照片。大山深处的孩子一拨拨长大，儿子儿媳站在每一张毕业照片的中间，灿烂阳光下，他们的生命和爱情欣欣向荣……

（摘自《读者》2012年第14期）

在奋斗中讲述"春天故事"

张惠清

人们喜欢用"奇迹"来形容深圳。如果这世界上真有奇迹，它只是奋斗的另一个名字。

1980年8月，深圳经济特区正式成立，这也是我国成立的第一个经济特区。自诞生的那一刻起，深圳每一天都在奋力舒展筋骨，追寻更好的自己。

风生水起南海潮

1978年12月，党的十一届三中全会召开，决定把全党工作的重点转移到社会主义现代化建设上来。然而，要彻底解放生产力，必须撬动并推开旧体制这块如磐巨石。改革需要一个支点。

1979年春天，中央召开工作会议，习仲勋代表广东省委向中央正式提出创办贸易合作区的建议，汇报了利用广东自身的优势，先走一步，在沿海划出一些地方，单独进行管理，设置类似于海外的出口加工区和贸易合作区，以吸引外商前来投资办企业的想法。习仲勋说，希望中央给点权，让广东先走一步，放手干。

邓小平十分赞同广东这一富有新意的设想。谈到配套资金，邓小平说出了那句后来广为人知的话："中央没有钱，可以给些政策，你们自己去搞，杀出一条血路来。"

这次会议正式明确广东的深圳、珠海、汕头试办出口特区，并指示广东省委先重点抓好深圳。

1980年3月末，春和景明，万象更新。国务院在广州召开广东、福建两省工作会议，研究并提出了试办特区的一些重要政策，并同意把原拟的"出口特区"名称改为"经济特区"。1980年8月26日，第五届全国人大常委会第十五次会议批准了《广东省经济特区条例》。

这一天，成为深圳经济特区成立日。

南海之滨风生水起、改革创新春潮涌动，自此，深圳市成为中国第一个经济特区，翻开了中国共产党人探索中国特色社会主义道路的新篇章。

"深圳速度"创奇迹

1980年春天，时任招商局常务副董事长的袁庚出任蛇口工业区建设指挥部总指挥，打响了"蛇口模式"第一炮。

在深圳版图上，蛇口尤为特殊。在深圳经济特区成立之前，蛇口工业区已先行迈出了第一步。

1979年1月，中共中央、国务院批准了广东省和交通部的联合报告，决定在蛇口创办中国大陆第一个出口加工区。日后，蛇口工业区也被称为"特区中的特区"和"中国改革开放的试验场"。

而提起蛇口工业区，袁庚是一个绕不过去的名字。在那个激情燃烧的年代，他提出"时间就是金钱，效率就是生命"的口号，如春雷般滚过中国大地，至今仍是深圳特区精神最有影响力的观念之一。

袁庚在蛇口工业区实行的第一项改革就是制定定额超产奖励制度，这一制度拉开了蛇口全面改革，特别是分配制度改革的序幕。

万事开头难。工业区的首个项目蛇口港起初进展缓慢，工人们每人每天只运泥20~30车。为提高效率，1979年10月间，工业区指挥部对四航局在码头工程中率先实行定额超产奖励制度。

袁庚提出挣脱现行体制中"大锅饭"的设想，他在各工程承包单位负责人会议上做过发言："我们是先礼后兵，一切按经济规律办事，用经济手段去管理经济；诸位一定要记住，你们给我们订立的是工程合同，是招标承包的，提前有奖，大家皆大欢喜，但延期要罚，谁也逃不掉。"

随即工程处决定实行定额超产奖励制度，规定每人每个工作日劳动定额为运泥40车，完成这一定额者每车奖励2分钱，超过定额则每超一车奖4分钱。从此工人们干劲十足，每人每天可运泥80~90车，干劲大的甚至达131车，是之前的3倍多。

据统计，半年时间，工人为国家多创造了130万元产值，而平均每人每月得到的超定额奖金仅24.3元，只占多创产值的2%。然而，1980年4月，这一奖励制度被勒令停止，重新吃上了"大锅饭"，施工速度急剧下降。经批示，1980年8月，才重新恢复了超定额奖。

从1979年到1984年，袁庚率先推出实行定额超产奖励制度、以工程招标的方式管理工程、职工住宅商品化、全国招聘人才、率先实行全员合同制等，创造了24项全国第一。

1982年7月，中国南山开发股份有限公司作为中国改革开放以来成立的第一家真正意义上的股份有限公司，也在蛇口工业区诞生。

在当年的人民南路上，中建三局在承建深圳国贸大厦时，创下了"三天盖一层楼"的速度，这在当时的中国是绝无仅有的。"深圳速度"也激励着其他城市的建设步伐。市场经济已经开始展示其巨大魅力。

"时间就是金钱，效率就是生命"的口号，成为一个时代的文化坐标，被誉为"冲破思想禁锢的第一声春雷"。

这句口号在当时颇具争议性，却获得了邓小平的肯定。1984年，邓小平前往深圳视察后，曾挥笔写下了一段话："深圳的发展和经验证明，我们建立经济特区的政策是正确的。"

8年之后，当"空谈误国，实干兴邦"的标语牌在昔日蛇口工业区的土地上立起来时，也同样显示了国家政策的强大影响。

袁庚引入市场经济的理念和手段在蛇口创下了许许多多的"中国第一"，这个最先开放、最先改革、最先崛起的地方，创造的经济奇迹和民主、宽松的发展环境，被称为"蛇口模式"。

作为蛇口精神的缔造者，更是社会主义市场经济的成功践行者，袁庚在蛇口工业区"敢为天下先"的努力探索对我国全面推进改革开放和开展社会主义现代化建设事业产生了深远的影响。

（摘自《读者·庆祝中国共产党成立100周年特刊》）

小岗精神，是要一代一代传下去的

刘华东

1978年的一个冬夜，在昏黄的煤油灯下，安徽省凤阳县小岗村18位村民以"托孤"的形式，按下红手印，签订"大包干"契约。这件贴着身家性命干的事，成为"中国改革的一声惊雷"。

作为带头人之一严宏昌的儿子，当年5岁的严余山对父辈们的这次壮举没有什么印象，但他对"从每天早上起来找不到吃的，到一下子精米、细面吃不完"记忆深刻："那时候每天早上还没睁眼，脑子里就在想搞点什么吃，起床后跑到山前屋后看有没有烂枣子、野果子。实行'大包干'的第二年，我们一下子再也不用为吃发愁了。"

吃饭问题解决后，中国农民在奋进路上一奔就是43年。务农、打工、经商，南下、北上、还乡……如今，小岗村村民严余山依然奋斗在路上。

外面的世界很精彩

1993年，离春节还有13天，严余山背上煮鸡蛋、水果和换洗衣服，坐拖拉机出村，踏上了南下的火车。

年轻的庄稼人离乡，是为谋求土地以外的生计。

1979年，小岗村粮食产量达到6.6万千克，小岗人第一次不用出门讨饭。随着"大包干"被认可和推广，土地重新点燃了农民的热情。严余山刚初中毕业，就将力气和汗水全部给了土地。几年以后，这位从小"扶犁还没有犁梢高"的农民的儿子，经过劳动的锤炼，已经干得一手好庄稼活。而随着"外面的世界很精彩"的歌声飘进城镇乡野，这个名字里就镌刻着严家苦难岁月的农村青年，也有了自己的苦闷和彷徨。

"农村起名按辈分，到我这一辈是'德'字辈，但我爸给我起名'余山'，因为以前家里穷，在余山公社打过工、讨过饭。这个名字对我来说，既是一个信念，也是一个鞭策。我们家过去的贫苦日子，我永远都不会忘记。"

不用为生计发愁了，农家人开始谋求更红火的日子。眼光长远的严宏昌，早就把视野扩展到了小岗村以外的世界。"父辈们干了一辈子农民，也想在土地以外找一些发展的渠道，让我们出去见识见识，拓宽一下眼界。"早已离开学校的严余山说"社会就是一所学校，只要想学，在哪里都能学到知识"。于是，同20世纪90年代初万千南下寻找机会的人一样，年轻的小岗人怀揣着梦想和期待出了家门。

颠簸两日，严余山一行来到改革开放风吹得正劲的广东东莞，进入一家港资企业当保安。"刚去干活的时候，老板让我们写一下为什么要来打工。有人写赚钱补贴家用，有人写回家盖房子娶老婆。我就写了一句话——打工就是为了学习知识，将来自己做老板。"

写下这句话不到10年，严余山就成了老板。

当同行的伙伴受不了异乡打拼的苦，一年半载"见了世面"就陆续返乡时，严余山从保安到车间主任，干了6年才离开。然后，从"下海潮"到"创业潮"，辗转合肥、上海、北京，从城市亮化项目到建材贸易，再到节能减排设备，生意越做越大。

小岗，光荣与梦想

"当一个小岗人是种什么感觉？"被问到这个问题时，严余山这样纠正："说'当'一个小岗人不恰当，应该是'作为'一个小岗人。"

小岗之于严余山，是心念半生的光荣与梦想。

43年来，这个"中国农村改革第一村"给了小岗人无限荣耀。为这个村子增添荣光，则是严余山几十年来的梦想。

1998年，严宏昌当选小岗村村委会主任。当严余山在电视上看到父亲"老百姓人均年收入增加400块钱"的许诺时，他在心里盘算着："咱们在外面打工，工资都按小时算了，一人一年增加400块钱，这个目标也不难实现。"

念及此，辞职，回乡，办厂！但年轻气盛的严余山并未想到在小岗村的创业之路一波三折，更未想到在东莞干得风生水起的自己会在家乡碰壁——首次投资的酒瓶盖加工厂半路失败，安徽小岗节能科技有限公司久创未就。"小岗村没有像样的工业基础，没有上下游的产品线，还没有创办工业的环境和氛围。在没有形成完整产业链条之前，企业很难做。"多年以后，严余山这样总结他未实现的小岗"工业梦"。

2014年，小岗村党委换届选举，严余山当选党委委员。在商海弄潮十几年后，这个被称为"严宏昌梦想继承者"的人，以这样的身份再次回归小岗。

"小岗村就是咱们的根。"严余山如是说。

2016年以来，小岗村开展集体资产股份合作制改革等工作，成立集体资产股份合作社并发放股权证，村民从"户户包田"实现了对村集体资产的"人人持股"。

鼓励老百姓参与互联网创业，培养农民电商，"设计'互联网＋大包干'的农村电商模式，利用小岗村沿街店铺招商，设立全国各地的农产品展示馆"。

循环农业、创意农业、农事体验……在红色旅游的基础上，利用农业产业优势，打造全域田园综合体。

"我们现在正在让小岗村的各项改革落地。一步一步改革、一项一项落地，让老百姓拥有更高的生活质量，增加老百姓的幸福感和获得感。"严余山说。

小岗不惑，未来可期

村外是一排排蔬菜棚、一方方鱼塘，村里是修葺一新的二层徽式小楼、宽阔干净的水泥路。正在装修的店铺、施工的凉亭，无不勾勒出新时代乡村的朝气与活力。小岗村，早已告别"算盘响，换队长"的年代。

"一路走来，小岗村虽然发生了翻天覆地的变化，但经济发展还是不尽如人意。党的十九大报告提出实施乡村振兴战略。小岗村的振兴，一定要靠咱们小岗人自己。"严余山说。

　　过去，一批一批的小岗人外出打工；如今，越来越多的年轻人回乡创业。特色养殖、规模种植、电子商务……在小岗村，越来越多的年轻农民转型成了新型经营主体。

　　"振兴小岗村，首先要做好小岗人。"严余山说，"每一个小岗人都有双重身份，我们肩上有小岗人的历史责任和担当，我们不光要做好自己，更要像爱护自己的眼睛一样爱护'小岗'品牌，做好小岗人。"除去日常工作，严余山把很多精力放在了与年轻人的交流中。"老百姓，特别是青年一代，逐步建立了一种家乡情结，都想参与到小岗村的发展建设中来。小岗村今后的发展离不开年轻人，他们是小岗村未来的希望所在。"

　　"小岗精神，是要一代一代传下去的。"在小岗精神的传承上，严余山认为他们这代人是"承上启下的一代"。村"两委"经常组织"大包干"带头人到学校宣讲，让孩子们了解小岗村的历史，了解小岗村在改革开放中所做的贡献。"从小教育孩子，作为一个小岗人，无论将来从事何种职业，都要做一个对社会有用的人，为祖国、为家乡做贡献。这也是小岗精神一代一代的传承。"严余山说。

（摘自《读者·庆祝中国共产党成立100周年特刊》）

不可战胜的夏天

严　明

我对故乡的记忆，全部是关于夏天的。

那是淮北平原上的一个古老而又普通的村庄。虽然说那时候是穷年月，但故乡之夏给我的记忆是丰盛的。那里有我平时不知道的世界，目光所及，琳琅满目。我几乎在用其他所有的时间渴盼夏天的到来。我就知道，在我暑假抵达前，它们用整个春天、初夏为我备好了一切。我的堂兄弟、远近本家，总是在原地等着我，等着我共度夏天。在我走后，他们仍然在原地，安然度过一个秋冬，等我来年"从天而降"。一切仿佛是为我而设的一个喜乐大局，一个弥天欢场，一个永远亲爱的存在。

以往父亲带我们回老家，汽车转火车，再加上徒步，要花上一整天。伴着傍晚的蝉鸣，天擦黑的时候我们到了，看着油灯下老少亲人的笑脸、桌上的手擀面，疲劳尽消。那时候，父亲的打扮总是的确良衬衫、手表、皮凉鞋，而且是穿袜子的、标准的知识分子还乡模样。而我一回到老家就全然顾不得斯文，迫切地等待"沉陷"。我知道狂欢季开始了，今天不算，明天才是第一天，我有的是时间。按捺不住开始欢心地盘算着今天晚上在哪个露天的地方睡，那是第一项在自由天地的体验。

夏天村里人多半在屋外过夜，除了老人、妇女。木架子撑起的绳编床，篾席往上一放，清凉又透气。或者干脆铺在地上，平整宽敞的打麦场有足够的地方可以睡，蚊子不多的夜里，被单也不用盖。夏日里，我可算是本家小孩子的精神中心。我比他们白，比他们成绩好，这些在村里不是什么优点，但可以做一做临时"掌门"。堂兄弟、各个本家亲戚都聚拢来，睡成一排，和我最亲最好的，会讲故事的，才可以挨着我睡。

星空下，夏虫声浅，我蜷缩在故园的怀里。啊，这幸福无边的夜！

直至次日，幸福地被太阳晒到屁股。于是起身，篾席上常会留有人形。人睡的地方是干燥的，其他地方已经微湿。原来，一夜酣眠，竟有夜露涂抹了身体。

白天，跟伙伴们无休止地嬉游。父亲因为要帮着家里做农活，无暇他顾，所以我除了偶尔写作业，其余时间都在疯玩。哪里都好玩，什么都可以即兴而为。草堆、粮垛、牛棚，还有蒙着眼睛的驴子不停地在磨坊里转圈……这都是我们的欢场。赤日炎炎的时候，我们主要在池塘一带活动，我就是在那里学会了狗刨。采莲蓬、菱角，在岸上用稀泥巴涂满全身，再爬上树杈往水里跳，出水时泥巴没了，但发现肚皮已经被水面拍红……游完泳，在浓荫的树下玩上一会儿。和风习习，吹干身上的水，皮肤变得滑嫩无比。

在村里，小孩子们全是光腚猴。那些年我也经历了从不穿到穿一点再到穿整齐的进化，回想赤条条在村里嬉戏的场景，真是无邪幼童的特权。一群光着屁股的小孩围拢蹲着玩虫，谁若放屁，无须究问——他的屁股底下会有烟尘。没经历过的，不会有那种生活感受。

夏天雨也不少，一场雨过后，会有好几天都要踩泥巴地。水泥路是城里才有的稀罕物，那时候村里没有任何一块地面是水泥地，包括屋内。雨天大家都赤着脚。我开始时并不习惯，觉得泥巴会滑得脚心痒痒，后来越来越觉得有趣，特别是脚掌踩下去的时候，软泥浆会从脚趾之间柔柔地往上钻，跟现代人形容巧克力的口感类似，那也是一种连着心的滑爽。

饿了，有的是吃的，树上的果子、地里的瓜，信手摘来。蝉蛹、青蛙、蛐蛐都是野味。作为"豪华"回报，我也会带他们去偷爸爸带回来的装在铁盒里的饼干或鸡蛋卷，让他们一尝至味。

任何一顿饭都可以在几个叔叔家随机解决，青椒、南瓜、豆角，都美味。大铁锅炒菜，满屋子蒸气，和着菜香气、柴火的烟气一起涌出来，漫出灶火屋，从房檐向上流走。灶火余烬里还可以埋上嫩玉米或红薯，饭后出去玩上一圈，肚子有点饿的时候跑回来寻出它们，可作为零食吃。

由于土质的问题，那里没有水田，不产大米，所以主食都跟小麦有关——馍或面条。忙时吃干的，闲时吃稀的，而我们在时，在哪家吃饭，哪家都会有几个炒菜。米饭完全断绝的感觉持续两个月左右，对我来说还是有些不适应。我挺想念米饭的，因此他们会在我们临走的前一天煮上一次，作为饯行。毕竟米太缺了，做上那么一顿也是勉强。通常还煮得很稀，简直不叫米饭，属于那种稠一点的稀饭。

现在想想，夏日里除了蝉声，其实村庄里是安静的。那时候，没有车来，因为还没有什么路。村里如果来了担担子的货郎，都能引起一片沸腾。小孩子们一定会围过去，扒在他那个装满了小东西的百宝柜的玻璃上看，看大人选购针头线脑。一个孩童围观商业活动，受购买力缺乏煎熬的滋味是不好受的，那个年月，"买不起"几个字永远在耳边回荡。有时候可以用破铜烂铁、牙膏皮、长发辫之类的东西换，可平时没有积攒的话临时又找不来什么东西，所以只能干看着。村里留长辫子的大姑娘都会被别人羡慕地认为是在储蓄。便宜的东西也有，就像糖豆，一分钱七个，彩色的。

走村串巷的剃头匠，依次在某一户家中吃饭，算作劳务。若是没吃，给点什么也行。手艺在那时候还不叫生意，只是为了生活在"换"，没有"赚"，本分至极。

跑去村头西望落阳晚霞，美得有些哀愁。我每天都掰着指头计算暑假结束的时间，谨慎期待每一个未曾谋面的美丽明天。

夜空的流云拂过星斗，月亮在航行。太阳和月亮对日子的重要性，得在农村生活才能体会得更深。开晚饭的时间挺早，同时听收音机里的长篇评书，之后活动就因为没有电而大受限制了。油灯或蜡烛不会一直点着的，那样太浪费，可是走在漆黑的屋里摸索着找东西的滋味不好受，那种感觉现在的小孩很难体会。

打麦场是不变的夜之欢场，我们在那儿交换鬼故事、童谣，辨识着星宿的位置，猜想着哪一颗是天边的另一个自己，等着不请自来的睡意。

偶尔传来有别的村放露天电影的消息，这需要有得到消息的人报信才行。有时候，大队人马赶过去才发现并没有电影，又在夜色里悻悻而归。如果消息准确，远远地就可以看到，村边的某块空地上，黑压压的人群仰望着闪烁的银幕，那情景就是大地上最超现实的存在。每当电影散场时，外围的沟坎上还伏着一排睡着的小孩子，需要家人边呼喊边翻看辨认、驮走。小孩子继续一路睡回去，醒来还会问大人："后来他们打起来没有？怎么不叫醒我！"

夏日接秋，看着村里许多果树从果子红熟到光秃，已经有树叶开始随风落下，我的心情也为之黯然。我知道，要开学了，我要走了。

喜乐是有尽头的，得开始计算暑假还剩四天、三天……直到要离开的当天早上，堂弟们坐在爷爷家的门槛上，看我们收拾行李，去坐他们还没有见到过的火车。他们穿着长袖衣服来，纽扣总是扣得不齐，衣服也不干净，好像去年穿完收起来时就没有洗。

"等着我，明年再来。"这般孩童的豪言壮语，每年都在用。我知道这是一句临别时客套的废话，他们肯定等我，我也必定再来。

可是，终于在某一年，他们没有在原地等我，我也没有再来。我出去闯世界，他们也开始出门打工。

我们明摆着是看到田园牧歌的最后一代人。

印象中我都快上中学的时候，老家的村里才通上电，才有用电的磨坊出现。因为这一点，村里的马拉石磨立即退出了历史。手扶拖拉机、小四轮等出现后，骡子、马就不见了，那个从古代来的木头大车也消失无踪。草房逐渐被瓦房代替，还陆续出现了两三层的小楼。似乎就是从我没再回来开始，中国乡村的现代化进程开始了。或许也正是在这个浪潮中被卷入太深，无力回望，才导致我回乡的旅程一拖再拖。浪涛势头正劲，还在拍打、冲击、淹没。多少年来，总觉得自己在观察众生，现在该观察族人、家人了，故乡不再是我童年时猎奇的场地，而是问题的载体。

有书上说，乡村是世界的根、人类的童年和老年。一个人的枝叶蔓延源自可颂的土地，我似乎也只是吸收、索取，从未归还过什么。

那是最好的童年，无以复加。它有不需要证明的强大。还好我有个故乡，还好有一些旅程，去游历，去跋涉，带着热情与好奇。我想这都源于记忆，其来有自，无远弗届。

加缪说得极是："在隆冬，我终于知道，我身上安放了一个不可战胜的夏天。"

（摘自《读者》2021年第23期）

女孩孙玲

王耳朵先生

孙玲的出身普通至极，她的父母都是典型的中国农民。

她从小放牛、喂猪、插秧、挑粪……什么都得干。可能是太早承受生活的艰辛，孙玲对学习特别上心。中考时，孙玲考上了县里排名前三的高中。但父亲以"女孩子读书有什么用"为由，中断了她的学业。在别人家的孩子开始忙着入学的时候，孙玲只能跟着舅舅学习理发。

那时候孙玲对未来也没有强烈的憧憬，但有一个念头很明确——"我不想过这种生活"。她软磨硬泡，把所有的亲戚央求了一遍，让他们在父亲面前帮自己说好话。父亲终于松了口，重新把她送回学校。只是她错过了入学时间，只能进入一所民办高中。

这所民办高中的教学质量不是太好。2009年高考，孙玲的成绩在全校应届生中排名第一，却连二本线都没达到。

　　唯一的幸运是，一家软件培训机构在学校做推广，孙玲参加了他们举办的为期7天的免费夏令营。那时，她有一瞬间感受到一道希望曙光的降临。她想学编程，但是因为家境困难，她还是无奈地和这道光擦肩而过。

　　一个月后，孙玲远离家乡，来到深圳，成为工厂流水线上的一名普通女工。

　　在这里，孙玲的工作很简单，她负责电池检测，工作不算辛苦，但是极其枯燥乏味，一个月的工资最多也不过2000元。她觉得和工厂里那些冰冷的机器相比，自己更像一台没有感情的机器。她心中渐渐有了逃离的想法。

　　尤其是，这时还发生了一件事，对她造成了巨大的打击。有一次她要进城，到了公交站发现自己连公交车都不会坐。

　　那一刻，孙玲下定决心要离开工厂，她不能活在那个封闭的世界里。孙玲想起了高考结束的那个夏天，想起了那次免费的计算机培训。那道希望之光穿过时间的阻隔，再次照耀在她的身上。

　　2010年，孙玲鼓起勇气，从工厂离职。她用这一年辛辛苦苦攒下来的钱，去一家软件培训机构报名。她在日记里写道："我的认知在社会上站不住脚，不是因为我周围的世界太小，是我站在世界的墙外。"

　　对离开工厂后的求学生活，孙玲已经做好了准备。但是，命运丝毫没有给她一点点优待。她的积蓄，只够缴纳第一期软件编程的学费。没有其他收入支持，孙玲白天学习，晚上6点到11点要去肯德基打工。她工作一个小时挣7元，挣的钱只够吃饭。

　　第一期的课程结束，她没有钱继续报第二期和第三期，就想尝试去找和计算机相关的工作，边挣钱边学习。但是，没有公司愿意招她。

　　不过孙玲没有放弃，她省吃俭用，苦苦寻找，终于遇到一个 IT 培训机构，为她提供了边工作边学习的机会。

这家培训机构的学费可以分期付，上课方式也非全日制。此后，周一到周六，孙玲做电话客服，周三、周五晚上和周日全天上课。她挣的钱还是不够，就申请了一张信用卡，借贷缴学费。

经过一年的辛苦打拼，一家与培训机构有合作关系的公司来招聘。就这样，平时学习拼命、能力出众的孙玲成功突围，正式进入 IT 行业。

此时，孙玲每个月的工资是4000元，朝九晚六，周末可以双休。后来，她换了一次工作，工资涨到6000元。

有了稳定的工作，收入也渐渐水涨船高，但孙玲并没有将自己的生活停靠在舒适区。

2012年4月，为了拓展自己的技能，孙玲在一家英语培训机构报了名，学费3万元。这一次，她又近乎耗尽自己所有的积蓄。

2012年年底，她发现自己学历太低，影响了职业发展，便报考了西安交通大学的远程教育班，学费要1万多元。

这下更是让本就捉襟见肘的生活雪上加霜。这些在外人看来可能有些"疯狂"的举动，孙玲自己却甘之如饴。

最后，她不仅取得西安交通大学的计算机科学与技术专业的专科学历，还在2015年拿到了深圳大学的学士学位和自考毕业证书。

这一年，孙玲24岁。

在很多大学生刚刚毕业，对自己的前途和命运感到迷茫的年纪，这个高考失利的姑娘，正在全力以赴地为自己的人生添砖加瓦，一点一点地去修正命运偏离的轨迹。

时间转眼来到2017年。这时候的孙玲，不仅在英语上有了长足的进步，在学业和工作上也已经让人刮目相看。但是，更加出人意料的是，孙玲竟然不声不响地报了美国一所高校组织的计算机学科硕士留学项目。学校要求报名者必须有编程经验，有本科学历，有英语沟通能力，还要负担得起一年的学费。而这一切要求，孙玲都在不知不觉中全部完成了。为此，她还花了整整一年时间，存了10万元。

"所谓的才华和机遇，都是基本功的溢出。"这样的话，用来形容孙玲最恰当不过。

2017年9月8日，孙玲收到了从美国寄来的录取通知书。当这个消息传回家中，父亲的第一反应是："你怎么还读书？"此时的孙玲已经28岁，在农村，这个年纪的女孩早已经结婚生子。

不过，这一次父亲已经无法改变女儿的命运。在大洋彼岸，孙玲开始了自己另一段崭新的人生。

孙玲的留学生活很精彩，在努力学习之余，她还积极参加校内外的活动，甚至筹划并主持了2018年学校组织的春节晚会。很快，学习生活结束了，孙玲要在美国找工作，这对她来说又是新的挑战。

两个月60多场不同形式的面试，大多数以失败告终，但她始终没有气馁。2018年10月，孙玲获得了亿磐公司的录用通知，工作内容是对接谷歌公司的项目，工作地点就在谷歌的办公楼上，年薪82万元人民币。

回想2009年的深圳街头，那个被生活打击得体无完肤的姑娘，恐怕不会想到，自己的一次逃亡，竟然是改变人生的开端。

孙玲曾询问过上司为何选择她。上司笑了笑，对她说："第一，你的自学能力特别强；第二，你接受反馈的速度特别快；第三，也是我最看重的一点，在遇到模棱两可的问题时，你会先把问题搞清楚。"

说白了，就是孙玲身上有一种敢想敢做的特质。

孙玲奋斗的10年，其实就是她解决人生中各种问题的10年。正如她在

TEDx 演讲中说的那样："我想趁着我年轻的时候，做一件感动自己的事情，去更大的世界看一看，看在这个世界里，我的生存能力到底有多强。"

　　这就是孙玲，纯粹而简单，真诚又努力。这个世界没有什么绝对的公平可言，但是，我还是愿意相信：一个人靠异乎寻常的努力，靠知识和正确的选择，而不是靠幸运和邪恶，也可以获得想要的生活。因为一个出身贫寒的普通人逃出命运的樊笼，拥有自己想要的人生，本就是这个世界上最了不起的事情。

（摘自《读者》2020年第19期）

用真情谱写经典

李 扬

　　她被誉为"改革开放后最重要的通俗音乐创作者";她谱写的歌曲,与祖国的奋进历程相伴,与人民的命运相连,很多歌曲早已超越作品本身,成为几代人共同的美好记忆;她为中国乐坛培养了一批优秀歌手,为流行音乐在中国的发展、繁荣做出了贡献。她,就是我国当代著名作曲家谷建芬先生。

和着时代的节拍跃动

　　谷建芬在日本度过童年,母亲很重视她的音乐启蒙。6岁时,她随家人回到祖国,定居大连,此后,音乐一直在她生命里扮演着不可或缺的角色。1955年,从东北音乐专科学校(现沈阳音乐学院)作曲专业毕业后,谷建芬进入中央歌舞团（现中国歌舞团）从事音乐创作。

几十年艺术生涯中，谷建芬创作了近千首作品，把音乐和生命献给了祖国和人民。她谱写的歌，或风格清新、节奏明快，或情感细腻、感人至深，或气势磅礴、雄伟壮阔。而这些歌曲都有一个共同点：和着时代的节拍跃动，唱到了人们的生活里，唱进了人们的心坎里。

"年轻的朋友们，今天来相会，荡起小船儿，暖风轻轻吹。花儿香，鸟儿鸣，春光惹人醉，欢歌笑语绕着彩云飞。"欢快、清新的《年轻的朋友来相会》乐音一起，立刻将人们的心带到激情豪迈的改革开放初期。

"那时写这些歌，是一种由衷而发的冲动。"1980年一个夏日的傍晚，谷建芬去北海散步，偶然遇到一群年轻人，围在一起，弹着吉他，扯着嗓子乱吼。她停下脚步，听这些小伙子东一句西一句，荒腔走板地乱唱一气。是的，没有适合他们唱的歌，谷建芬心情沉重，她感受到了作曲家的责任。

1980年的《词刊》第3期发表了张枚同的新作《八十年代新一辈》，这首词主题新颖、语言活泼动人、音乐性强，一下子吸引了谷建芬的注意，浮现在她眼前的就是那群弹吉他唱歌的小伙子。她读着这些明快的文字，跳动的旋律便飞旋在脑际。很快，谷建芬把它谱成了歌曲，并将第一句"年轻的朋友来相会"作为歌名。

《年轻的朋友来相会》甫一发表，便迅速传遍大江南北。那时的谷建芬已经40多岁了，她说："属于我的青春年代已经过去了，但我想把自己的青春时光找回来，通过音乐宣泄出来。"

一首歌脍炙人口、经久不衰，是因为它深入人心。每当国庆日，举国上下为祖国庆生的时刻，一首饱含对祖国深深祝福的歌曲就会回荡在人们心中——"今天是你的生日，我的中国，清晨我放飞一群白鸽，为你衔来一枚橄榄叶……"1989年，谷建芬创作了歌曲《今天是你的生日》。

30年过去了，这首歌曲早已成为庆祝每年国庆的经典曲目。

谈起这首歌的创作过程，谷建芬的心依然无法平静。那是1989年1月，北京市政府募集歌曲，希望能选出纪念北京市解放40周年的主题歌，当时歌名叫《十月是你的生日》。谷建芬一接到歌词，就被它打动。"第一眼看到歌词时，我心中积累已久的感受一下子就被点燃了，因此我在谱曲时基本是一气呵成，感到非常舒畅，好像是把我对祖国的深情一下子抒发了出来。"

1986年，谷建芬谱写出《绿叶对根的情意》，用动人的旋律将离开家乡的游子对故土的眷恋之情表达得淋漓尽致："不要问我到哪里去，我的路上充满回忆，请你祝福我，我也祝福你，这是绿叶对根的情意。"1987年，毛阿敏凭借这首歌在南斯拉夫贝尔格莱德国际流行音乐大赛上获奖，这也是内地流行音乐第一次在国际上获奖。

对谷建芬来说，每一次成就经典的过程，都是全身心沉浸的过程。1994年播出的84集电视连续剧《三国演义》，片头曲《滚滚长江东逝水》、片尾曲《历史的天空》，以及插曲《这一拜》《卧龙吟》《貂蝉已随清风去》《江上行》等16首歌曲，均出自谷建芬之手，是她历时3年多呕心沥血完成的作品。创作时，她随时随地在寻找灵感，甚至在走路、聊天、出游时，都会哼出一些旋律。正是这种对音乐的执着，让她将《三国演义》的大气磅礴嵌于深沉沧桑的旋律中，为这部由经典名著改编的电视剧增添了浑厚之感。

2015年，中国文学艺术联合会和中国音乐家协会联合向她颁发了"终身成就音乐艺术家"的荣誉奖章。

谷建芬不仅谱写经典曲目，还为中国流行乐坛培养了一大批优秀歌手。20世纪80年代，她克服重重困难，创办了"谷建芬声乐培训中心"，以"出人才，出作品"为宗旨，培养了毛阿敏、孙楠、那英等一大批优秀歌手，推动了当时通俗音乐领域的发展和创新，她的一些学生至今仍影响着华语流行乐坛。

多年来，谷建芬还致力于音乐知识产权的保护，为保护中国词曲作家的著作权而不懈努力。任全国人大常委会委员期间，她第一个提出为知识产权立法的议案，提出对知识和创造给予尊重和保护，并为音乐著作权人的权益奔走呼吁。世界知识产权组织对她在知识产权领域所做的贡献给予高度的认可和赞许，并为她颁发了世界知识产权（WIPO）奖。

让孩子在歌声中长大

尽管被称为"改革开放后最重要的通俗音乐创作者"，但是晚年的谷建芬常说："'新学堂歌'比我之前的创作都有意义，为孩子们创作时，我感到内心充实。"

人到晚年，为什么要选择为中华古诗词谱曲这么难的命题？这要回溯到新世纪初。当时，网络歌曲开始盛行，但可供少儿传唱的歌曲却很少，小孩子们开口便是"老鼠爱大米"。2004年年末，时逢召开未成年人教育工作会，国务院一位领导见到谷建芬说："现在的孩子们都没有歌唱了，为孩子们写歌吧。"

这句话触动了谷建芬："物质富足让我们能轻松满足孩子们的各种需要，可当他们向我们要属于自己的歌时，我们却囊中羞涩，拿不出几首好歌来。孩子是中国的未来，这样的现状必须得到改观，为了孩子，更是为了中国的未来。"

2005年，70岁的谷建芬告别大众流行音乐创作，全身心投入为孩子们的创作中。

她先从小学课本中挑选素材，创作了6首歌曲，在中央电视台进行缩混录制。听着孩子们稚嫩的童声唱出《游子吟》等歌曲，她激动得不能自已。那一次，她问孩子们喜不喜欢这些歌，孩子们说："这些歌就像小时候姥姥给我们唱的歌。"这让谷建芬领悟到，"新学堂歌"的实质，应当是代代相传的文化情感，让孩子们在歌唱中体会到自己的由来与归属。

怀着这样的信念，谷建芬一首接一首地创作，平均每首费时3个月左右。在写到第20首的时候，丈夫担心她的身体，劝她"写得差不多了，就停停"，可谷建芬还是坚持创作，常常一晃就是凌晨4点，东方既白。

转眼到了2015年，在创作到第49首歌曲时，谷建芬的生活遭遇了变故，与她相濡以沫的老伴——中华人民共和国第一代舞蹈艺术家邢波先生因心脏病突发去世，8个月后，小女儿又因为脑出血突然离开了她。巨大的伤痛让老人在之后的一年半里几乎无法创作。

50首就差一首完稿，可她却怎么也写不出来了。直到有一天，她读到一句话："有种幸福叫放手，有种痛苦叫占有。"谷建芬决定将痛苦搁下，继续完成自己的使命。"女儿和老伴一直帮我推广'新学堂歌'，是他们支持我的创作，我要完成他们的心愿。"2017年，她终于完成了50首"新学堂歌"。谷先生的家人向笔者透露，创作和录制"新学堂歌"，除了2005年得到文化部（现为文化和旅游部）的20万元拨款，其后的近200万元录制费用全部由谷先生个人支付。

如今，"新学堂歌"在全国各地的幼儿园和中小学渐渐普及，成为今天中国儿童国学与音乐启蒙教育的重要组成部分。这些歌曲甚至被推广到自闭症儿童的课堂上，经典与音乐结合的力量帮助这些孩子打开了心灵的窗户。

　　"新学堂歌"倾注了谷建芬对文化传承、对祖国下一代的责任感。正像她在自己的书中写给孩子们的话："古诗词是祖先对我们的谆谆教诲，它像粒粒种子播撒在你心田，滋润你心扉，愿你读它、唱它、思索它……我来写，你来唱，愿'新学堂歌'伴着你们快乐成长。"

（摘自《读者》2019年第17期）

雪山见证爱情，人生始终攀登

樊晓敏

2020年12月8日，国家主席习近平同尼泊尔总统班达里互致信函，共同宣布珠穆朗玛峰最新高程——8848.86米。

60多年以来，珠穆朗玛峰这个神圣巍峨的世界屋脊，让无数人为之前赴后继。登山史册中，有一个名字不应该被遗忘，她就是潘多，从北坡成功登顶珠穆朗玛峰的第一个中国女登山家。

雪山见证的爱情

1939年，潘多出生在一个普通的藏族家庭。8岁时，父亲去世。她随母亲一路乞讨，来到父亲的老家日喀则，这里是著名的登山之乡，珠穆朗玛峰北坡攀登的起点。

在日喀则，潘多与母亲艰难度日。潘多十三四岁时，娘儿俩背起沉重的木箱当起了背夫。然而，即便是这样的生活，也没有维持多久，几年后，母亲去世了。

孤苦无依的潘多又辗转到了拉萨，成为拉萨西郊七一农场的一名种菜工。1958年，中国登山队来到七一农场挑选登山员，潘多被选中。

在登山队，长跑、举重、跳鞍马、负重行军……严格的体能和技能训练让许多男队员都吃不消。可潘多不怕，少年时遭遇的苦难成了她最大的财富。适应能力强、有毅力，很快让潘多从队伍中脱颖而出。

1959年，20岁的潘多和队友登上了海拔7509米的慕士塔格山，打破了世界女子登山的最高纪录。

1961年，潘多和队友成功登上海拔7595米的公格尔九别峰，再次打破世界女子登山纪录。

在潘多和队友下山途中，夜雾浓重，一次次险情接踵而至。潘多的5位队友都已牺牲，她自己也遭遇雪崩，身体多处严重受伤。

潘多等人遇险的消息传到大本营，邓嘉善心急如焚，一再向组织请求上山把潘多营救下来。

邓嘉善，江苏无锡人，1958年从西安测绘学校毕业，刚分到国家测绘总局就被登山教练看中，并被选送到苏联集训。留苏期间，他和苏联运动员一起爬上海拔7134米的列宁峰。

1961年，潘多和邓嘉善在攀登公格尔九别峰时被分在一个小组。并肩作战的日子，邓嘉善不由得喜欢上了这个有着红黑脸膛、腼腆笑容，淳朴又倔强的藏族姑娘。

潘多在雪山艰难行进时，邓嘉善出现在她面前。当时，潘多已经看不到他，只听到一个熟悉的声音："你的腿脚不好，上马吧。"

潘多的双脚因严重冻伤，后来被截去5根脚趾，成了三等甲级残疾。

1963年春节，潘多与邓嘉善喜结良缘。潘多常说："我们有生死与共的感情、生死与共的事业。"

"你，准备登顶吧"

1960年5月25日，中国登山运动员王富洲、屈银华和贡布登上了珠穆朗玛峰，首创人类从北坡登顶珠穆朗玛峰的纪录。

但遗憾的是，因为没有留下影像资料，他们的登顶不被国际社会认可，甚至在很多国家的资料里，他们根本不承认中国人登上了珠穆朗玛峰。

1975年，国家再次启动攀登珠穆朗玛峰的计划。这一年，潘多36岁，刚刚生了第3个孩子。因为正值哺乳期，她的体重有160多斤，她不仅患有严重的骨膜炎，右脚脚趾还全部被切除。年龄没优势，身体也大不如前。去，还是不去？必须去！这是她的使命，也是她毕生的梦想。潘多以最快的速度赶到北京进行体能训练。一个多月的训练，潘多的体重下降40多斤，能用3根手指做50个俯卧撑，背60斤的沙袋上香山只用半个小时。

1975年3月，潘多和邓嘉善跟随中国登山队大部队来到珠穆朗玛峰北坡脚下。攀登珠穆朗玛峰，是人类最狂野的梦想之一。珠穆朗玛峰有多么美丽和神秘，也就有多么危险。零下几十摄氏度的酷寒，峰顶含氧量大约为海平面的30%，"夺命"冰裂缝、雪崩、冰崩，更有最大风力可达189千米每小时的飓风，高原病，雪盲……

此外，海拔8680米被称为"第二台阶"处，有一段近乎直立的4米高的峭壁，立在通往山顶的必经之路上。英国人曾用整整17年时间，7次尝试从北坡登顶珠穆朗玛峰，均无奈地在此止步，他们说："这是飞鸟都无法逾越的不可攀的路线。"

直到1960年，中国登山队的3名队员才用"搭人梯"的办法从北坡登上珠穆朗玛峰。然而，代价也是惨重的，王富洲因为双手被冻伤而做了截肢手术，屈银华双脚的脚后跟和10根脚趾都做了截肢。

15年过去了，设备依然简陋，修路、运输都要自己来，连氧气瓶都不够。但是，山在那里。

3月中旬，攀登珠穆朗玛峰的战斗开始了。组织因为考虑到潘多的年龄和身体状况，所以并没有把她编入突击队，而是把她安排在运输队。潘多一开始有些失望，但很快就想通了，她任劳任怨地背负着四五十斤重的物资，往返于5000米到8100米高度之间。

4月26日，第一批突击队出发，开始向珠穆朗玛峰发起冲击。

在突击珠穆朗玛峰时，8000米以上地区刮起10级以上大风，突击队员体能损耗极大，不少人手脚冻伤，队长邬宗岳不幸牺牲，他身上有关键的路线图。第一次登顶失败。

在短短一个星期里，登山队重新组织起登顶第二批突击队。登山队领导了解到潘多在运输队期间展现出的体力和耐力超出了很多年轻人，就对潘多说："你，准备登顶吧！"

从此，这句话成为她生命中最深的烙印。

"我就是爬也要爬上珠穆朗玛峰"

5月17日，在庄严宣誓后，潘多和队友们再一次向山顶发起冲锋！

行至海拔6500米北坡脚下巨大的冰塔林时，潘多虚弱得快要倒下，意识也开始不清。视线模糊中，她看到一个熟悉的身影——正在下撤的邓嘉善，他负责侦察修路任务。

为了让潘多等人能顺利冲过大风口，邓嘉善在前行路上，插满了五星红旗。自接到登峰的任务，潘多和邓嘉善已经两个月没见过面。此时相遇，两人都百感交集。为了保存体力，他们都没有说话，只有眼泪从墨镜后面流下来，瞬间凝成冰晶。

邓嘉善拿起冰镐，往峰顶方向指了指，潘多用力点了点头。然后，两个人擦身而过，从面对面走向背对背，他们都不知道，这特殊的一次见面，会不会是最后一次。然而，他们必须擦干伤感的眼泪，不管前路多么艰难凶险，都必须咬紧牙关继续前行。

到达海拔8680米的营地时，本来更有希望登顶的两个年轻女队员昌措和桂桑，先后因伤病被迫下撤，潘多成了唯一的女队员。

此时，大本营党委也通过步话机勉励潘多："潘多同志，现在女同志只剩下你一个了，你是代表着4亿中国妇女在登顶！要为祖国争光！要为中国妇女争光！"潘多只说了一句话："只要我潘多还有一口气，我就是爬也要爬上珠穆朗玛峰！"

离顶峰只有140多米的高度了，如果在平地只需几分钟就能到达。然而，这140多米，是世界上最遥远、最难走的路：每一步每一寸，他们都是在用生命丈量。

八九级的狂风漫卷着坚硬的雪粒扑打着突击队员们，断续出现的陡峭冰坡又硬又滑，他们每小时只能上升30米，有队员因极度缺氧昏迷过去。在4个多小时的艰难行进后，5月27日14时30分，索南罗布、潘多、罗则、桑珠等9名登山队员终于抵达峰顶，在那片只有一米左右宽、十几米长的鱼脊形的雪地上，五星红旗飘扬在地球之巅！

凛冽的寒风中，潘多在这片冰雪地上躺了下去，她努力控制住身体的颤抖，坚持了六七分钟，完成了一次遥测心电图。

山脚下，邓嘉善通过荧光屏上的曲线感受到妻子登临地球最高点的心跳。这份心电图，是迄今为止人类在世界最高点留下的唯一心电图。

登山队所做的工作当然不止于此。这一次中国人不仅从北坡成功登顶，还在"第二台阶"处的岩壁上架起了一座6米长的金属梯。

在后来的33年中，来自世界各地的1300名登山者，都是通过这座用血肉之躯搭建的"中国梯"，才登上了世界之巅。

更重要的是，中国的登山勇士们这一次完成了测量任务：珠穆朗玛峰——8848.13米。这个数据很快成为国际公认标准。

2014年，75岁的潘多因病逝世。

6年后，2020年5月27日上午11点，珠穆朗玛峰高程测量登山队再次登顶成功。还是那条路，还是那串足迹，雪山巍峨。每一个人心中都有一座大山，潘多告诉我们，在翻越高山时，女人的姿态是向上，继续向上。

（摘自《读者·庆祝中国共产党成立100周年特刊》）

归乡，误入时空交错的小径

明前茶

到了50多岁，他才意识到，到了人生最壮阔丰沛又苍茫无奈的年纪，归乡去寻找少年时代的记忆与安慰，已经成了很多人定时发作的瘾与痛。至少对他的家族来说，确实如此。

1992年春节，他还是一个毛头小伙子，刚刚领女友见过家人，在厨房里做菜的父亲就压低嗓门儿对他说：跟你女朋友请三天假，陪爸回浙西，到祖坟上点一炷香，献一束花。

父子俩临行前进行了疯狂采购。父亲兜底动用了私房钱，为亲戚朋友买了大量礼物，再与儿子肩扛手提地带回老家。父亲采购了奶粉、酸梅粉、红糖、圆珠笔、铅笔盒、袜子，甚至还有七八块毛涤面料。父亲依照婶婶嫂子们的高矮胖瘦，裁剪衣料，期待她们隐藏在皱纹深处的笑意——这样一来，她们就能在裁缝那里量体裁衣，在儿子的婚礼上，穿上一件精巧时髦的小外套了。

父亲坚持说，所有的计划都是瞒着母亲进行的，然而，这么多奇怪的物品堆放在家里，母亲会不知情？母亲只是对父亲突发的思乡病持纵容态度而已。

1992年，归乡的路并不好走。他记得他们先坐了火车，又换乘通往乡镇的中巴，最后又坐了私自揽客的小巴，才带着大包小包来到父亲少年时代生活的古村落。

他们在这个偏僻的古村里逗留了三天。这三天，怎么形容父子俩的境遇呢？在他眼里，那真是"归者饶有意，迎者颇淡然"的三天。父亲的叔伯婶娘、半百发小、昔日邻居们带着有限度的热情聚拢来，来见他们三十多年未见的"陈家老二"，见传说中的"陈家两代大学生"。他们的客套中带着小心翼翼的试探，热情中带着一丝不知来意的忐忑。有的人以为父亲是为索要祖屋的继承权而归，听得父亲并无此意，显而易见松了口气；有的人又满怀期待，以为父亲有能力将自家辍学赋闲的儿子带去省城，找到体面的工作，见父亲面有难色，立刻变得讪讪；还有的族人当了多年村干部，拐弯抹角地开口，期待父亲为村委会拉些赞助。很不好意思，父亲虽是研究院的工程师，却没有那么大的能力。于是，乡亲族人前来领受父亲的礼物时，脸上感念的笑意变得十分稀薄。甚至有个婶子当众质问父亲为什么要带衣料来："你们城里人不是早就流行穿现成的衣服了吗？"

他颇为同情地转过头去看父亲，以为乡亲族人的尖刻将在父亲脸上留下尴尬的指印，然而，并没有！那几日，父亲只有一半的灵魂留在现实中，另一半的意念进入了他所不知道的时空交错的小径。父亲已经不再是他熟悉的那个循规蹈矩的工程师、那个朴素拘谨的中年人，他与乡亲一起喝酒、吃肉、诉说往事，为少年的糗事笑出眼泪。陪同的儿子不免为父亲的各种失态感到尴尬，他觉得父亲来得不值，但他心里也有个倔强的声音在说，也许父亲觉得值，唯有这三天，父亲脱去一切束缚，成为从桥上倒栽葱下去捉鱼的陈家老二。

父亲回家后没来由地病了一场，又查不出病因，这让母亲急得够呛。他劝母亲不必着急，他说父亲就像一棵久旱的树，忽然遭遇了一场暴雨，这两天出现的各种不适，只是一时被"淹了根"。

母亲惊讶地瞥了儿子一眼，像在纳闷儿一个工科生怎么会说出如此文艺的比喻。

时间飞快地过去了，他也成了鬓发斑白的中年人。这两年，他少年时生活过的贵州山洼频繁地入梦来。那里，是父母当年长途跋涉去"支援三线建设"、度过青春岁月的地方。他出生在那里，吃过那里的大食堂，住过那里的红砖房，在澡堂外面偷窥过烧煤的大锅炉。他磕破了膝盖，经温柔的厂医上过药水，看电影要翻过三道山梁，去一趟县里的新华书店要在拖拉机上颠簸5个小时。在18岁之前，他的梦想就是逃离这里，考回江浙老家去！他的确通过考大学离开了，而且，随着父母调回江苏工作，他也的确30多年没有回去。

然而，怎么解释他如今经常梦见的那些红砖房、那些腌菜坛、那些结出迷你地雷般种子的晚饭花？时间是多么隐秘的酵母，它将你曾经厌弃的发酵成你最留恋的。

听说当年上过学的子弟中学行将撤停并转之后，他迫不及待地带着刚刚大学毕业的女儿出发了。他在闺女的脸上，看到了多年前自己的困惑、讪笑，以及些微的不耐烦。他懒得说教。他确信自己今日的归乡感触，将如一粒坚硬的种子，种在女儿年轻的心中，等待二三十年后的意外苏醒。

（摘自《读者》2022年第4期）

鼓 舞

李 桂

从暗处一步步走向舞台，廖智身上最引人注目的是那双红色高跟鞋。

细长的鞋跟踩在地板上，发出"嗒嗒"的声响。鞋里是一小块硅胶材质的、肤色的"脚背"，"脚背"往上是两个黑色的球状"脚踝"，"脚踝"上有两根银色的、像棍子一样的连接管，这些组成了廖智的"小腿"；再向上，是两段金色的腿形接受腔，它们就像膝盖，把廖智肉体的大腿和人工的"小腿"连在一起。

在2008年汶川地震中，廖智失去了自己的两条小腿。当时，这个年仅23岁的姑娘被埋在废墟下26小时，一条钢筋从她的右脚穿过，一直延伸到小腿。被人从废墟下"拽"出来后，她签署了自己的截肢手术同意书，之后，便是漫长的与义肢相伴的日子。

穿红色高跟鞋时搭配的那双义肢，是廖智最常用的，她更喜欢把它们叫作"我的腿"。

"走在路上，经常有人喜欢多看我两眼，我相信是因为我这双独特的腿。但我更愿意相信，他们觉得我非常特别和可爱。"廖智嘴角上翘，眼睛弯成月牙的形状，脸上挂着甜甜的笑。

与众不同的"腿"

"在我的生命中，有七八双'腿'。"2019年11月1日，在北京大望路附近的一处公寓里，廖智又一次拿自己的义肢开起玩笑。阳光从窗口洒进来，廖智站在窗台边，整个人被一层金色的光芒笼罩着。阳光下，她穿着那双搭配红色高跟鞋的"腿"。

之所以对这双"腿"青睐有加，是因为大部分义肢的假脚与连接管呈垂直状态，这是为了保证受力均匀。但这双义肢是廖智的丈夫查尔斯为她量身定做的，查尔斯是义肢技师，这双义肢可以在黑色球状脚踝处调试出倾斜的角度：正好可以把假脚放进高跟鞋里。

除了这双义肢，廖智还有很多"腿"：一双是美术学院的学生送的，上面有凤凰样式的雕花，"像一件艺术品"；一双的接受腔是白色的，廖智经常穿着它们搭配短裤；一双被做得像南非运动员"刀锋战士"皮斯托瑞斯的义肢，底部微微弯曲，有弹性，廖智会穿着它们出去跑步；还有一双真腿和假腿的联结处不能固定，一次廖智跳舞时，它们像暗器一样被甩进观众席……

那之后的义肢经过定制、改良，不会再出现跳着舞就"飞出去"的情况。医生问廖智还有什么要求时，她"夹带了私货"。"我跟医生说，你帮我调一下，我想长到1.6米。"廖智说。

在国内，许多穿戴义肢的人会用塑料泡沫把金属连接管包裹起来，外面再加上一层肤色的硅胶，这样的义肢更像真腿。但廖智不会，她喜欢连接管裸露在外面的感觉，因为这样看起来很酷。

每次去幼儿园接女儿，廖智都会因为自己的"腿"被小朋友围观。"他们每次都说'那个机器人阿姨又来了'，还有的小朋友会问：'阿姨，你怎么又换腿了？'"廖智说。每当这时，廖智的小女儿就会一把抱住妈妈的义肢，说："这是我妈妈的腿，你去找你妈妈的腿。"

与许多残疾人不同，廖智不会因为自己的"腿"而感到不好意思，甚至有时认为义肢给自己带来了方便。

2013年4月四川雅安地震后，廖智和志愿者们到震区救灾。为了节省空间，大家挤在一辆汽车里，后排坐了4个人。廖智最后一个上车，上半身刚进去，腿就没地方放了。她把义肢取下来，往肩膀上一扛，车就这么开走了。

你一定要活着出来

廖智失去真正的腿，已经11年了。如果不是那个她至今不知道名字的男孩，她失去的或许不仅仅是自己的腿。

2008年5月12日，廖智与婆婆、不到1岁的大女儿虫虫待在绵竹市汉旺镇的家中。地震发生后，她被埋在了自家房子的废墟里，身上压满了混凝土预制板。救援人员不敢用吊车，怕脆弱的预制板发生断裂，对廖智造成二次伤害；又怕人工打洞耗时太长，耽误救援。就在救援工作一筹莫展时，一名个子小小的男生钻到废墟里，来到廖智跟前。

廖智确定，这个人不是救援队的，就是一个讲方言的本地人。被埋了十几个小时后，终于见到了"外面的人"，这让廖智非常激动。她抓住男生的手，舍不得让他走。"他说没事的，我就是来救你出去的。"廖智回忆道。

男生带了铁锹、凿子之类的工具，与廖智轮流在她左腿上方打洞，外面的人员也在配合，一小时后，终于敲出了一个小小的口子。余震到来前，男生被叫了出去。余震后，男生又钻了回来，他哭着说："你一定不能死在里面，我们救了你这么久，你一定要活着出来。"

被埋了26小时后，廖智真的活着出来了，但她的大女儿虫虫和婆婆都没了。

2008年5月21日，廖智转院到重庆时，导演任虹霖正在那里筹备"世界小姐"重庆赛区的比赛，他带了一群工作人员到医院慰问。他听说过廖智的故事：一个失去了孩子的80后母亲的故事。

站在病房门口，任虹霖看到一名个子小小的女孩坐在床上，和人说说笑笑，他不确定这是不是廖智。因为其他从震区转来的伤者都哭丧着脸，这个女孩更像是去慰问的。

任虹霖对廖智的印象太深了，知道她曾是舞蹈老师，便琢磨着能不能以艺术的形式做一个节目，去感染那些灾难中的幸存者。"我问她，你还想不想跳舞？她很惊讶，说我想，但是我还能跳吗？我说能跳啊，只要你想，就能跳。"任虹霖说，那番对话后，《鼓舞》应运而生。

在廖智看来，有人为她创作一支舞蹈，让她可以因此多一些收入，这很现实，也是对她的帮助。这些人和那个帮她求生的男孩一样，不图回报。在那个时刻，廖智认为自己可以做些更有意义的事，比如完成《鼓舞》，或许人们会从她的经历中看到另外一种诠释生命的可能：没有了双腿，我依然可以创造价值。

但对于一个失去双腿的人，跪在鼓上跳舞并不容易，更何况当时廖智的双腿只经过了简单的截肢处理，残肢下还有许多突兀的骨刺。每次练舞前，她都会为双腿裹上一层又一层厚厚的纱布，可无论裹成什么样，训练结束后纱布都会变成"两包血"。

任虹霖看不下去了，主动表示自己做了一个错误的预估。"要不就不跳了。"任虹霖说。但廖智依然坚持，顶着重庆夏天40℃的高温，在不吹空调、不让伤口感染的条件下，练了一个多月。

2008年7月14日，《鼓舞》首演当天，800人的场地座无虚席。从廖智亮相开始，所有人都从座位上站了起来，一直鼓掌、叫好，直到节目结束。任虹霖站在台下跟着观众一起哭，他说："这不是最好的舞美，没有最好的灯光，但一定是最好的表达。"

你们的腿有名字吗

因为《鼓舞》，廖智成了名人，代表了那场震惊世人的灾难中鼓舞人心的力量。2009年年底，她受灾区的一所学校邀请，去探望地震中重伤的孩子。那里的许多孩子和她一样，做过截肢手术。

廖智发现，这些孩子总是穿长裤，特别害怕被人看到自己的义肢，而且不愿坐轮椅。有时东西就掉在眼前，他们也不愿站起来捡，要等老师或志愿者帮忙。

廖智不愿看到孩子们这样生活下去。一天下课后，她取下自己的义肢，一手举着一条"腿"，说："你们知道吗？我的两条腿都有名字，左腿叫大象，右腿叫粽子，你们看像不像？你们的腿有名字吗？"

孩子们愣住了，但很快笑成一片，兴奋地讨论着要给义肢起名字。从那天起，他们对义肢的态度发生了改变。

第二天，廖智带着轮椅来到学校，她的目标是让孩子们接受轮椅。

以往上课时，中间会有休息时间，但那一次，廖智站着讲了一小时，孩子们也站着听了一小时。她还让人撤走了教室里的凳子，直到下课后，才请朋友推进来几把轮椅。

站累了的女孩子，先在轮椅上落座了。男孩子们却看了看彼此，站在那里一动不动。廖智假装没看见，带着坐在轮椅上的孩子们做起了游戏，开火车、接龙、旋转，孩子们越玩越开心。男孩子们这才渐渐坐上轮椅，加入游戏的队伍。廖智说，他们忽然发现，坐轮椅不是一件羞耻的事，而且很正常，"坐在轮椅上，照样可以很快乐"。

"一个健全的人去给孩子们做心理辅导，人家会觉得你站着说话不腰疼，但廖智不一样。"任虹霖说，廖智是在用行动告诉那些肢体残障的人：我们的条件是一样的，我可以做到的事，你也可以做到。

站起来，走出去

廖智知道，当孩子们愿意接受自己时，他们面临的挑战才刚刚开始。在很长一段时间里，他们会在街头看到别人异样的目光。但更可能的是，他们根本不会走上街头。

廖智接触过一个家长，因为孩子是聋哑人，家长从不带他出门。还有一位妈妈，孩子的听力没问题，只是天生没有耳郭，可妈妈无法接受这个事实，甚至说过"恨不得从来没生过这个孩子"。

"这些家长有很强的病耻感，为什么别人的孩子都健健康康，只有我的孩子是这样？他们会觉得这是一件很丢脸的事。"廖智说。但这个群体人数不少，据中国残疾人联合会统计，中国的残疾人有8500万。

当大部分残疾人不愿出门时，出门的那些就可能被当作异类。

廖智的朋友文壹阳记得，第一次和廖智见面时，她穿了一条短裤。文壹阳之前和她在网上有过交流，了解她的故事，对她的腿很好奇。但他只敢看她的脸，不敢看她的腿甚至身体，只能趁低头拿手机时偷偷瞄两眼。"我很尊敬她，不想伤害她，但我不知道是看她的腿比较好，还是不看比较好。"文壹阳说。

汶川地震前，廖智从未在生活中见过穿戴义肢的人，现在，她想鼓励更多的残疾人走出家门："走出去，被人看到了，才会解决问题。"在她看来，很多时候，大家对残疾人群体缺乏了解，就是因为在生活中根本没有接触过这类人：见不到，更不要说相处之道了。

廖智到美国换义肢时发现，在那里没人把义肢和身体残障当回事，义肢上的金属都是露在外面的，穿义肢的人还可以当模特参加时装秀。"这就跟戴眼镜一样，我相信第一个戴眼镜的人也受到过很多关注，但现在大家都觉得很正常，没人会因为你戴眼镜而多看你两眼。"廖智说，自己从那时开始去掉了义肢的肤色外壳，穿上一条短裙，就出门逛街了。

2013年从美国回来后，廖智和查尔斯组织了多次残疾人的聚会，大家分享工作、生活中的趣事和烦恼，再一起尝试着解决问题。他们想到的方法，是在国内推广残疾人和健全人"共融"的理念，比如在网上帮助残疾人创业、举办由残疾人主导的时装秀等，这些活动可以帮助残疾人找到自身价值。

"发现别人的价值和找到自己的价值，这是很重要的事情。"廖智说，"我不觉得这是在帮助别人，没有人是一座孤岛，我也是在帮助自己。"

（摘自《读者》2020年第1期）

更难走的那条路

何　帆

2019年，华为推出了新的手机操作系统——鸿蒙。这是苹果的 iOS 和谷歌的安卓两大主流系统之外的新系统。

不是没人挑战过两大巨头。微软干过，失败了；三星挑战了，也失败了；后来还有英特尔，等等。那么，华为的底气何在？

事实上，鸿蒙系统并不是为了替代安卓系统或者 iOS 系统，而是为了破局。按照华为的思路，鸿蒙系统是为了在未来这个万物互联的世界，把林林总总的设备连接起来，创造一个新的生态系统。这个故事只是个引子，让我们去看未来中国经济会出现的新物种，新的物种将会形成一个新的生态系统。

1. 移动互联网发展快到瓶颈

最近几年，手机的出货量、增长率陷入停滞，手机 App 也没有什么新的头部应用研发出来，原有头部 App 的流量增速也在逐渐放慢。

从现在的手机市场渗透率看，差不多每个人都有一部手机，所以手机很难再进一步打开市场。

手机像黑洞一样，把我们所有能够想到的东西都拼命地装在里面，被它"入侵"的行业都会受到很大的冲击。最后，我们会发现，没有办法把所有的东西全部装在手机里面，比如跑步机、汽车等。

2. 未来会进入万物互联时代

如果我们没有办法把它们都装在手机里面，那么，我们能不能换一个思路，用手机把它们连接起来？

这就是我理解的未来新的生态系统，从移动互联网进入一个新的万物互联的生态系统。这个新的生态系统会不断地吸引更多的硬件（厂商）加入，而更多的硬件参与其中之后会产生更多的数据，更多的数据又会催生出更多的商业机会，到最后，很可能在量级上远远超过原来的移动互联网。

如何才能建立这样的生态系统？

用华为轮值董事长郭平的话来说，就是要有物种的多元性，各个不同的物种在这里都能够找到自己的生态位，这是一个互相之间能找到生存机会的生态系统。

3. 中国很快就要建立起万物互联的生态系统

这样的生态系统很快就要在中国建立起来了。中国企业特别善于从中国的革命历史中学习经验，你以为他们是去打济南城，不是的，他们是去沂蒙山开辟革命根据地了。

中国有很多家电企业，为什么中国的家电企业的竞争力都非常强，但是没有办法把市值做大？因为没有办法把家电智能化，为消费者提供差异化服务。华为现在要做的事情是给中国的家电企业赋能，让应用场景出现变化，然后共同建立一个新的生态系统。这个新的生态系统最开始的落地场景很可能是身边一个小型家电，突然，你发现它和原来不一样了，慢慢地演化，然后可能会在生态系统里面看到更大的硬件和产品加入。

类似的还有自动驾驶。自动驾驶时代的到来可能会比想象中更早，自动驾驶的路径是沿着中国的路径，而不是按照西方国家的路径进行的。

西方研究自动驾驶只研究车的自动驾驶，中国在研究自动驾驶的时候，同时在做对道路和汽车的规划。如果汽车也加入万物互联的世界，我们会看到整个工业体系和城市化进程将出现巨大的变化。

畅想一下，假如技术能给城市管理赋能，未来在中国有可能出现5000万以上甚至上亿人口的城市。

4. 伟大是被逼出来的

在中国，为什么原来没有，现在却能出现新的生态系统？

因为我们是被逼出来的。我们原来熟悉的世界是全球化的黄金时代，以前我们可以靠跟别人学习取得进步，如果你用心地跟别人学习，是可以变得非常优秀的。优秀是可以学出来的，但伟大只能被逼出来。

现在全球化的黄金时代一去不复返，有很多东西我们已经找不到老师去学了。

最近几年，我们遇到了这么多的挫折和挑战，激发出了内在的强大潜力。当这些潜能被激发出来时，自己都会被吓一跳，会重新认识那个强大的自我。

以前我们总是想找捷径，现在才意识到：当你的面前有两条路时，最安全的办法是走那条更难走的路。现在正处在这个变化的关键期，这不仅仅是天气和季节的变化，而是"气候"的变化。在这种变化下，会出现新的物种，会出现第一批上岸的"鱼"。第一批上岸的鱼长得很难看，生存状态非常艰难，但我们应该做的事情是去更好地认识新物种。

伟大是一件很光荣的事情，中国经济的新物种正在不断涌现，可以预见，它们将形成新的生态系统。

（摘自《读者》2021年第7期）

荀子与牛仔蓝

任 多

生活在2200多年前的荀子，和牛仔蓝，有什么关系？二者之间的隐秘联系就藏在《劝学》中的那句名言中——"青，取之于蓝而青于蓝"。

"青"不是青，"蓝"不是蓝

荀子口中的"蓝"并不是我们常说的"蓝色"，而是指一类可提取蓝色染料的植物。从这类植物中提取的染料就是荀子说的"青"，也叫靛蓝。

世界上有很多植物都可以用于提取靛蓝。其中比较常见的有豆科植物木蓝、蓼科植物蓼蓝、爵床科植物马蓝和十字花科植物菘蓝——菘蓝堪称"宝藏植物"，它不仅能用来提取染料，还能治病救人，它的根就是常用中药板蓝根，叶子则是另一味中药大青叶。

靛蓝的使用在世界范围内都有着悠久的历史，而各种含靛植物也在全球划分了各自的"势力范围"。木蓝适宜在热带生长，是印度提取靛蓝的主要原料；欧洲地处温带，适宜菘蓝生长，所以菘蓝成了欧洲的靛蓝来源；中国国土辽阔，地跨热带、亚热带、暖温带、中温带、寒温带和高原气候区六大气候带，因此，在制作靛蓝的原材料方面，我们选择了"都要"——木蓝、马蓝、菘蓝和蓼蓝都是我国制靛的原材料。

在我国传统手工染色技术中，靛蓝扮演着非常重要的角色。早在夏朝，我国古籍中就有了"五月，启灌蓝蓼"的记载，《诗经》中也有"终朝采蓝"的句子。这说明从那时起，我们的祖先就已经开始种植蓼蓝，并且非常熟悉它的生长习性了。

到了北魏，《齐民要术》中出现了这样的记载：农历七月，在地上挖个坑，把蓼蓝切了倒竖在坑里，加水，再用重物一压，让水没过蓼蓝。这样发酵一两天，捞出残渣，把得到的汁液用一定比例的石灰水搅拌，最终沉淀于水底的膏状物就是靛蓝。

有趣的是，在提取靛蓝的过程中，还衍生出一种古代美妆产品。在靛蓝膏体沉淀出来之后，把剩余的溶液匀速搅拌，直到液面出现丰富的泡沫，将这些泡沫捞出晾干，就成了古代女子描眉用的青黛。

染色，并不是泡一泡那么简单

从植物中提取靛蓝只是染色的第一步，真正体现技术含量的操作还在后面。

接下来，要把从植物中提取的靛蓝用水稀释，再往染缸里加入石灰或其他碱性物质，最后慢慢加入米酒或酒糟兑成染液，静置一段时间。在这个过程中，染缸里的染液会发生神奇的变化——染液里的蓝色渐渐消失，变成黄绿色。

这一通复杂操作是为什么呢？这就得从靛蓝的属性说起。从现代化学的角度来看，靛蓝属于吲哚类天然染料。这种"高冷"的物质既不溶于水又不溶于酒精，对织物纤维更没有亲和力，常规的染色方法不能使其着色。

古人在靛蓝染液中加入米酒或酒糟，是为了让酒和酒糟里的微生物使染液发酵，将靛蓝还原成蓝绿色的靛白。靛白再与碱性溶液反应，变成黄绿色的隐色体，这就是染液变成黄绿色的原因。隐色体可比靛蓝"乖巧"多了，它不仅溶于水，也更容易上染棉麻纤维。

那么问题来了，黄绿色的隐色体怎么变回蓝色呢？织物在染液中浸泡一段时间以后，要放在阳光下晾晒。在阳光和空气的作用下，隐色体再次被氧化，恢复成靛蓝，漂亮的蓝色就这样在织物上"重生"了。

其实在这些步骤之后，还得完成几道固色工序，整个靛蓝染色流程才算完成。很难想象，没有任何现代化学基础的古人，是怎么摸索出这样复杂的一套工艺的。靛蓝染色工艺使蓝色这种自然界极为稀缺的颜色走进人们的生活，甚至一度成为织物最常见的颜色。

牛仔裤的蓝与荀子的"青"

我们熟悉的"牛仔蓝"就来自荀子笔下的"青"——靛蓝。

由于靛蓝染色不够牢固，牛仔裤经过一段时间的磨洗后会出现局部剥色的现象，呈现出蓝里透白的独特色彩。但恰恰是这种褪色的特点成就了牛仔裤迷人的怀旧气质，于是做旧成了牛仔裤生产的一道工序。

牛仔裤诞生的时代，正值工业革命席卷全球。纺织业的高速发展促使全球染料需求量大幅增长，从植物中提取靛蓝根本无法满足与日俱增的市场需求。1890年，德国化学家霍依曼在前辈拜耳的基础上发明了以苯胺为初始原料的靛蓝合成法。从此，人工合成的靛蓝实现了规模化生产，并逐渐代替植物靛蓝占领市场。今天的牛仔蓝，实际是人工合成的靛蓝。

合成靛蓝和天然靛蓝在化学结构上完全一致，染色原理也与传统染蓝大致相同——把靛蓝染料还原成可溶于水的靛蓝隐色体，然后上染纤维，通过空气或者氧化剂，氧化固着在纤维上，最后皂洗烘干。但是古代靛蓝染色过程中，使用的材料都取自大自然，可到了现代，牛仔服装生产流程中的每一个环节都对环境极不友好。

首先，人工合成靛蓝染料的过程中需要使用大量化学试剂，产生的废渣容易造成环境污染。而到了织物染色阶段，目前使用的还原剂"保险粉"不仅污染性高，且极易吸湿自燃，有巨大的安全隐患。最后，为了让牛仔裤看起来更时尚，牛仔裤制作完成后，生产厂家往往会使用丙烯酸树脂、酚类化合物、高锰酸钾、次氯酸盐、纯碱、焦亚磷酸钠、草酸和过氧化氢等化学试剂对牛仔裤进行做旧加工，使其产生褪色、褶皱、破损效果。

不仅如此，牛仔裤生产环节耗水量极大，制作一条牛仔裤需要耗费20升水，而每年全球生产消费大约7亿条牛仔裤，产生的污水量是惊人的。毫不夸张地说，每一抹牛仔蓝都在侵蚀着我们的绿水青山。

那么，有没有一种办法，能兼顾牛仔蓝和绿水青山呢？

为了解决这个问题，人们开始回溯靛蓝的起点，结合现代科技与古人智慧。

两千多年前，先民发现了微生物发酵植物靛蓝的方法，今天的科学家同样从中获得灵感。他们分辨出能合成靛蓝的微生物种类，并且利用基因工程技术，增强微生物生产靛蓝的效率，使这些可爱的小生物成为一个个生产靛蓝的迷你工厂，再结合大规模发酵技术，生物靛蓝又能重新回到我们的生活中。

（摘自《读者》2021年第24期）

用互联网思维摆地摊

粥左罗

流量思维

很多刚开始做新媒体的朋友问我："我现在想不明白，后期的商业模式怎么办？"

我说："那你就先别想，专心做增长。流量没起来，想通了也没有用；流量起来了，一堆人抢着给你送钱。"

很多不做新媒体的朋友问我："你们这些做公众号的咋赚钱啊？"

我说："新媒体你不懂，旧媒体你懂不？你知道报纸、电视台怎么赚钱吧？他们能赚的钱，基本我们都能赚；他们不能赚的钱，我们也能赚。手握用户和流量，哪里都是钱。"

流量，是一切生意的本质。这是摆地摊给我的启示。

并不是所有摆地摊的都很赚钱，哪里流量大你就得去哪里。所以，在学校摆摊我就去食堂门口，在整个北京选，我就去南锣鼓巷。

场景思维

啥叫场景？"场"就是场所，"景"就是触景生情。线上线下都能创造场，用户进了你这个场，就能生你想要用户生的情。

特定的交易必须建立特定的场景。

南锣鼓巷是什么地方？文艺、情调、怀旧……一个人来到南锣鼓巷，在熙熙攘攘的人群中，走进一家家美好的店，就会买一些自己从来没想过会买的东西。

淘宝和公众号卖货有什么不同？

淘宝，你是先有需求，然后才去逛。搜关键词，货比三家，然后购买，你买的是数据和参数。公众号，你是没什么需求。点进来看了篇文章，然后不知道为什么就买了人家推荐的一支口红或者别的什么玩意儿。

所以，公众号卖货，软文的最大目的是创造场景，刺激情绪，而不是在那堆参数。

数据思维

我在南锣鼓巷摆地摊时，回家不管多晚，睡前都要做一件事：盘点。

盘点什么？我有个本子，每天记录近20种明信片的销量，然后汇总数据。因此，每天、每周、每月，哪一种卖多少盒，我摸得门儿清。

熟悉这些数据有啥用？

第一，明信片这么重，不能瞎背，品种这么多，每一种背几盒肯定不能平均分配，否则就容易出现供需矛盾：这个背了5盒，一天就卖了一盒；那个也背了5盒，一上午就卖完了。这样肯定不行。

第二，这不是虚拟产品，所以必定有库存，你得想办法把库存成本降到最低，进货的时候哪个多进、哪个少进，你得计算。

第三，人流量不同，销量不同，不能平时跟周末背的一样多。你统计两个周期的数据，就知道平时该背多少，周末该背多少。

追热点思维

摆地摊还要追热点。

这个追热点简直跟做新媒体追热点一样。新媒体分突发热点和常规热点，比如明星出轨和高考。

我摆地摊卖明信片也是，突发热点，比如五月天来北京开演唱会，我就会多带五月天的；常规热点，比如4月1日和9月12日，我就得多带张国荣的；平时我就多带各种主题的，因为逛街的都是北京人；周末和假期我就多带北京主题的，因为逛街的更多是游客。

用户思维

我把自己的明信片产品研究得门儿清。

你是外地来的游客，要买北京主题的明信片，我就打开一盒，12张明信片、12个北京景点，我挨个儿给你讲讲。

你买电影主题的明信片，我就打开一盒，给你讲《天堂电影院》《这个杀手不太冷》《闻香识女人》《楚门的世界》，你买张国荣的明信片，那更好办了，他的电影几乎每一部我都看过。我卖明信片，就是开开心心地聊完天，顾客开开心心地掏钱，他们通常还会加一句：没想到你这个摆地摊的还挺有才的。

印象很深的一次，我卖的明信片里有一盒是关于古诗词的，封面上印着一句"人生若只如初见"，一个文艺女青年经过我的地摊，瞥了一眼，一边走一边嘴里念叨一句"人生若只如初见"，我就秒接了一句"何事秋风悲画扇"，她就站住了，又回我一句"等闲变却故人心"，我又秒接了一句"却道故人心易变"。然后，她就会这几句，但我作为山东考生可不是盖的，她走过来我直接给她背到最后一句。

最后，她买了5盒明信片走了。这事我能记一辈子，毕竟是我人生中为数不多的"巅峰"时刻。

营销思维

价格本身就是一种营销。

新媒体卖课程，大家喜欢用升价策略。比如新世相刷屏的营销课，每满一万人涨价5元，特别能提高消费的紧迫感。

我摆地摊，会针对那些只想买一盒的顾客用降价策略，第一盒30元，第二盒25元，第三盒20元，第四盒15元……为什么？网上卖课还有复购，但摆地摊几乎不存在复购，你思考的底层逻辑应当是：怎么一次成交更多？

我的策略很简单，只要你决定买一盒，那第二盒我就算只赚你5元，我也是多赚你5元。

再比如，买赠这种营销。

新媒体卖课程，大家喜欢买一赠 N，你买我一个课，我送你这个资料包那个资料包，其实本质就是送一堆不值钱但看起来又很值得拥有的东西。

我卖明信片时就发现，再有钱的人也喜欢占便宜……我批发一堆成本较低的非常文艺的信纸、信封、打折邮票等作为赠品，顾客都很开心，我也没增加多少成本。后来又批发了一种简易手机支架，作为赠品更受欢迎。

排版思维

公众号排版的底层逻辑是什么？通过对用户注意力和阅读节奏的设计，提高文章的读完率，同时塑造品牌。

那么，摆地摊也需要排版吗？当然。

比如，摆地摊的人都会有个一秒收摊的地摊布，很多小摊贩用的是黑色的。为什么？耐脏啊！

我用的什么颜色？非常抢眼的荧光绿。我要让你在南锣鼓巷的人山人海中，多看我一眼。

再比如，新媒体里有个词叫"精华前置"，摆地摊也是。我要把销售数据最好的明信片摆在两侧，最靠左边的朝左，最靠右边的朝右，中间的朝前，顾客不管是从左边过来还是从右边过来，我都能让他第一时间看到我卖得最好的明信片。

再比如，一秒钟不能搞定用户的标题不是好标题。不是因为用户笨，而是用户只给了你一秒钟时间，注意不到你，就滑过去了，所以我们会精心打磨标题里的关键词。

摆地摊同理，一秒钟搞不定顾客的地摊不是好地摊。用手机看书大家叫"移动端阅读",顾客逛街看地摊叫"移动着阅读",所以挑战更大,一眼对你没兴趣,就跟你擦肩而过了。所以我找了很多鞋盒子,拆开,用最粗的黑色记号笔在上面写一些关键词,"明信片"这三个字要足够大,否则很多用户都会以为我是卖绘本或光盘的,然后价格信息要写上,之后是好卖的明信片的关键词。

如果把一条街比作公众号列表,把一个个地摊比作一个个公众号,我的打开率一定是最高的。

爸爸不上班

王梦影

瑞信研究院发布的《2015全球财富报告》显示，在中国，拥有35万至350万元人民币财富的成年人达1.09亿人，占全国成年人口的11%。在这个收入区间里，中国的人数比世界上任何一个国家的都多。

这一群体对教育分工持有全新的态度，甚至不再拘泥于"男主外，女主内"的传统家庭模式。2016年，艾瑞咨询调查了1015位家庭年收入在30万至50万元人民币的家长。他们之中，父母共同负责教育、母亲负责教育、父亲负责教育的比例分别是27.3%、42.7%、30%，几乎呈三足鼎立之势。

1

上海松江，女作家毛利和她的丈夫陈华椋达成了"爸爸回家"协议。那是2018年的一个周末，夫妻俩相对坐着，一人一台电脑工作，有一搭没一搭地说着话。毛利刚刚把一本书的版权卖掉，收入100万元，"有底气过一点自己想要的生活"。她提议，不如丈夫辞掉工作，回家全职带小孩。

陈华椋不假思索地说"好"。他以为那是一个玩笑。毕竟，"哪对夫妻平时不开开辞职的玩笑"。毛利又问了一遍。陈华椋从屏幕前抬起头。他大学毕业后在一家贸易公司工作，长期与妻子分隔两地，每月只有几天能回到上海的家中。儿子艾文在手机那头长大，还有一年就要升入小学。父子俩几乎天天都要视频通话。其实哪有那么多话可聊，小男孩低头玩着玩具，间或蹦两句见闻，陈华椋就看着他玩儿。

陈华椋一直觉得自己有损失。岳母和妻子合力带娃，他只知辛苦，却不知道究竟是怎样的辛苦。"那些辛苦本该也是属于我的。"他说，"虽然是辛苦，但没有经历，人生也不完整。"

他想了一会儿，最多一分钟，然后又说了一遍："好啊。"第二天，他坐高铁回到公司，递交了辞职申请。

毛利依据陈华椋上一份工作的薪资水平，给他开出每月两万元的全职爸爸"工资"，有需求可以申请追加预算。她觉得这很划算，100万元至少可以发上3年。这些钱将保障家庭的日常开销、儿子的玩具和练习本，以及丈夫的劳动付出。

当陈华椋忙前忙后时，她心安理得地窝在一个角落写稿不去帮忙。她如今处在传统故事里丈夫的位置，但她不想像他们一样，所以"工资"得发多一点儿。她曾在自己的文章里多次讽刺过他们：宣称养着全家，其实妻子劳动折算的市场价值远远高于他们的供给——"算盘也打得太精了一点儿"。

她觉得，有些人可能天生不适合育儿，比如自己，不如让适合的人去做合适的事。一个家里，"有人出钱，有人出力，没有输赢"。

2

陈华椋职务里最重大的一项任务，是筹备艾文进入小学。夫妻俩希望艾文能进入国际学校。踏入校门的流程和应届生找工作差不多：准备简历，资料初筛，笔试，面试，不仅面试学生，还要考家长。陈华椋也像所有求职期的大学生一样，关注了20多个学校的微信公众号，以便随时获取信息。

艾文被套入崭新挺括的毛呢三件套西装，拍摄了人生第一张简历照片。陈华椋花费一晚写了800字阐述儿子优点的简历，这让作家妻子都自叹不如。在毛利眼中，小孩子有时十分难缠，可以为获得一颗糖手段频出，且十分擅长与家长理论。对此，陈华椋写道："最宝贵的是，他经常能指出长辈的一些错误……我们用这种方式共同进步。"

"我这样写，是因为我真的是这样看他的呀。"陈华椋说。

艾文不爱背古诗，也尚未在数学或写作上展现出什么异于常人的天赋。他迷恋了一阵葫芦丝，坚持天天练习。还有一段时间，陈华椋沉迷于高尔夫少年英才的美梦，向毛利申请了两万元，给儿子报名参加了两轮相关课程，成功让儿子学会了挥杆。

小男孩的精力主要贡献给了发呆、捡贝壳，坚持在每一趟旅行里去遍能去的海滩。他的热爱大多与升学无关，包括爱一切虫子。陈华椋为这份热爱骄傲："你知道蜗牛的眼睛长在哪里吗？我儿子知道，他观察得很仔细，画得也很清晰，就在较长的那对触角的顶端。"

但他还需要说服学校理解儿子的可贵之处。国际学校会定期举办校园宣讲，类似公司招聘开宣讲会。最忙的时候，陈华椋一周要跑一家学校，参观一下校园，听一听办学理念，顺便分析揣测哪些特质能获得主考官的喜爱。

有一次，一位校长的演讲让他心潮起伏得几乎要大声叫好，关键词包括"个性""关怀""身心发展"。演讲结束，家长将负责招生的老师团团围住，老师开门见山："数学什么基础？英文达到什么水平了？练过钢琴吗？"

更难熬的是面试。孩子们被领去一间大教室，家长则在另一间。孩子们在休息时间能看动画、吃零食，一切都安排得像一场游戏。而家长听着音乐声和笑声传过来，极力辨认着自家小孩的声音。除了熟人能简单聊几句，他们全程沉默，人们都盯着挂钟。陈华椋心中有两个词轮番闪现：成功、淘汰。

似乎有一整个新兴群体都在为孩子而奔忙。艾瑞咨询2016年的调查显示，他们都生活在一二线城市，超过九成拥有本科及以上学历，一半以上是中高管理层及专业人士。这些家庭里，超过一半的子女在上课外辅导班，其中有78.9%的人在子女课外学习上投入万元以上，而95.7%的人希望子女能接受"个性化教育"。

3

《爱、金钱与孩子》一书中说：调查数据显示，相对于极高收入和低收入群体，中产阶级更倾向于"鸡娃"，即给孩子"打鸡血"，设定较高的培养目标。这可能是因为，中产阶级通过教育深造获得了社会资源，他们相信奋斗，又深感不安，害怕孩子会失去他们努力得来的一切。

这个观点也让毛利印象深刻。可能因为类似的不安定感，在艾文求学的道路上，她在两种心情间反复横跳。和某个家长聊了两句，她深感耽误了小孩，要赶紧抓紧学习。过两天翻了几本书，她又恢复了平和心态，要让孩子有做孩子的权利。"做父母，很多时候要在很久之后，才能判断自己当时做得对不对。"

丈夫陈华椋从未陷入过这种摇摆。"可能她是写书的，比较细腻。"陈华椋说。

4

21世纪家庭关系研究中著述最多的理论之一是父亲在位理论。研究指出，高质量的父亲在位，涉及与孩子的情感、表达、教育指导、身体互动等一系列方面，通常还与妻子和其他家庭成员有着良性关系。一个优秀的父亲，面对问题要一马当先（before the other），触手可及（at hand），总是在场（in attendance），且能起到实际作用（his existence）。

如果陈华椋正走在通往这些优秀品质的路上，那么搬家可以算作一座里程碑。搬家前夜，他一个人躺在新家里，激动得一夜未眠。

他们一家搬离了与岳父母同住的郊区大房子，住进了一套小公寓——租的。在原来的房子，做儿女的职责是接受无穷无尽的馈赠。

房子位于松江区——上海之根。毛利的邻居里，女孩从临近大学拿到文凭，通常会在本地小伙子中挑选一番，比对过双方手上的房本、车本，然后相夫教子。毛利是个不太一样的本地女孩。她身高超过1.7米，短发，站起来很有气势。她嫁给了一个福建男人，现在还给他开工资。

福建男人陈华椋搬入新家后，终于可以实施一直令他心痒的一项工程：教儿子洗澡。艾文惧怕莲蓬头洒下来的水，于是陈华椋建议他佩戴护目镜进浴室。他护卫在旁。

他们保持着随时会翻船的友谊。陈华椋愿意陪儿子在海滩挖上几个小时的沙子，也最懂他的心思。艾文使尽手段买了好几盒鲜肉月饼，只咬了两口就放在一边，只有陈华椋看出他是要用月饼盒子做纸船。

辅导作业时，陈华椋不得不一再控制自己的脾气。丈母娘探视时赶上，在旁假装经过好几个来回，战战兢兢地问女儿："是不是太凶了？"毛利亲自上场试过一次，在儿子第20次用橡皮擦掉没错的地方时，她破口大吼。陈华椋幽幽地说："其实我每次都能忍到第50次。"

他没忘记自己"员工"的身份。每天夜里儿子睡着，他会回顾一下这一天的工作。如果儿子哭着说"我再也不和爸爸做朋友了"，那么这是客户的负面反馈，他会反思一下自己是否该有所改进。

他始终没和在福建老家的父亲细致讨论过自己全职爸爸的身份。他知道老父亲并不支持。

2019年4月，艾文被一所不错的国际学校录取了。促使陈华椋做全职爸爸的最大任务完成，他还想继续做下去。

闲暇时，他和同住上海的几个全职爸爸有规律地聚餐。席上几乎都是外国面孔。大家聊足球、明星，不聊小孩。小孩已经占据生活太多了，况且，男人聚会，聊天本来就是酒菜的陪衬。

马车夫

阿 来

骑手的形象与人们通常想象的大相径庭。这个人身材瘦小，脸上还布满了天花留下的斑斑印迹，但他就是机村最好的骑手。

试驾马车那一天，麻子一副事不关己的模样。人们围成一圈，看村里的男子汉们费尽力气想把青鬃马塞进两根车辕之间，用那些复杂的绊索使它就范。这时，麻子骑着一匹马徘徊在热闹的圈子外边。这个人骑在马上，就跟长在马背上一样自在稳当。折腾了很长时间，他们也没能给青鬃马套上那些复杂的绊索。青鬃马又踢又咬，让好几个想当车夫的冒失鬼都受了点小伤。

人们这才把目光转向勒马站在圈子之外的麻子。

在众人的注视下，他脸上那些麻坑一个个红了。他抬腿跳下马背，慢慢走到青鬃马跟前。他说："吁——"青鬃马竖起的尾巴就慢慢垂下了。

他伸出手，轻拍一下青鬃马的脖子，挠了挠马正呼出滚烫气息的鼻翼，牲口就安静下来了。这个家伙，脸上带着沉溺进了某种奇异梦境的浅浅笑容，开始嘀嘀咕咕地对马说话，马就定了身，站在两根结实的车辕中间，任麻子给它套上肩轭和复杂的绊索。中辕青鬃马驾好了，边辕两匹黑马也驾好了。

人群安静下来。

麻子牵着青鬃马迈出了最初的两步。这两步，只是把套在马身上那些复杂的绊索绷紧了。麻子又领着三匹马迈出了小小的一步。这回，马车的车轮缓缓地转动了一点。但是，当麻子停下步子，轮子又转回到了原来的地方。

"走啊，麻子！"人们着急了。

麻子笑了，细眼里放出锐利的亮光，他连着走了几步，轮子就转了大半圈。轮毂和轮轴互相摩擦，发出旋转的轮子必然会发出的声音：

叽——

像一只鸟有点胆怯又有点兴奋地要初试啼声，刚叫出半声就停住了。

马也竖起了耳朵，谛听身后那陌生的声音。

他又引领着马迈开了步子。

三匹马，青鬃马居中，两匹黑马分行两边，牵引着马车继续向前。转动的车轮终于发出了完整的声音：

叽——吭！

前半声小心翼翼，后半声理直气壮。

那声音如此令人振奋，三匹马不再要驭手引领，就伸长脖颈，耸起肩胛，奋力前行了。轮子连贯地转动，那声音也就响成了一串：

叽——吭！

叽——吭！叽——吭！叽——吭！

麻子从车头前闪开，在车侧紧跑几步，腾身而起，安坐在了驭手座上。他取过竖在车辕上的鞭子，凌空一抽，马车就蹿出了广场，向着村外的大道飞驰起来。

从此，一直蜗行于机村的时间也像装上了飞快旋转的车轮，转眼之间就快得像射出的箭矢。

这不，马车开动那一天的情景好像还在眼前，那些年里，麻子一脸坑洼里得意的红光还在闪烁，马车又要成为被淘汰的事物了，因为拖拉机出现了。拖拉机不但比马车多出四只轮子，更重要的是，一台机器顶得了许多匹马。拖拉机手得意地拍拍机器，对围观的人说："四十匹马力。什么意思？就是相当于四十匹马。"

人群里发出一声赞叹。

拖拉机手还说："你们去问问麻子，他能不能把四十匹马一起套在马车前面？"

其实，拖拉机手早就看见麻子手勒缰绳，骑在他心爱的青鬃马上，待在人圈外面，那颇像是第一次给马车套马时的情形，但他故意要让麻子听见这话。麻子也不得不承认，拖拉机手确实够格在自己面前摆威风。不要说那机器里憋着四十匹马的劲头，光看那红光闪闪夺目的油漆，看那比马车轮大上两三倍的轮子，他心里就有些可怜自己那矮小的马车了。

拖拉机油门一开，机器的确就像憋着很大劲头一样怒吼起来。高竖在车身前的烟筒里突突地喷射出一股股浓烟，那得意劲儿就像这些年里麻子坐在行驶的马车上，手摇着鞭子，嘴里叼着烟头喷着一口口青烟时的样子。看着力大无穷的拖拉机发动起来，麻子知道马车这个新事物在机村还没有运行十年，就已经是要被淘汰的旧物了。

麻子转过身细心地套好他的马车。他驾着马车，要让所有想坐马车的孩子都坐上来，去跑上一趟。过去，可不是随便哪个人都能坐他的马车的。他是一个不太喜欢孩子与女人的家伙。加上那时能坐马车也是一种身份的象征，所以很多人特别是很多孩子都没有坐过他的马车。但他驾着马车在村里转了两三圈，马车还是空空荡荡的。那些平常只能爬到停着的马车上蹭蹭屁股的孩子，这会儿都一溜烟地跟着拖拉机跑了。村外的田野里，拖拉机手指挥着人们摘掉了挂在车头后面的车厢，从车厢里卸下一挂有六只铁铧的犁头。熄了一会儿火的拖拉机又突突地喷出了烟圈，拖着那副犁头在地里开了几个来回，就干完了两头牛拉一套犁要一天才能干完的活。村里人跟在拖拉机后面，发出了阵阵惊叹。只有麻子坐在村中空荡荡的广场上，点燃了他的烟斗。

过去，他是太看重、太爱惜他的马车了。早知道这马车并不会使用百年千年，很快就要退出历史舞台，那他真的就用不着这么珍重了。明白了一点时世进步道理的他，铁了心要让孩子们坐坐他的马车。第一天拖拉机从外面开回来时，天已经黑了。第二天一早，他就把马套上了。人们还是围在拖拉机旁热热闹闹。他勒着上了套的马，一动不动地端坐在马车之上。人们一直围着拖拉机转了两三个钟头，才有人意识到他和马车就在旁边。

"看，麻子还套着马车呢！"

"嗨，麻子，你不晓得马车再也没有用处了吗？"

"麻子，你没看见拖拉机吗？"

麻子也不搭腔，他坐在车辕上，点燃了烟斗。

拖拉机的吸引力真是太大了，麻子想补偿一下村里的孩子们，让他们坐一趟马车的心愿都不能实现了。他卸了马具，把马轭和那些复杂的绊索收好，骑着青鬃马上山去了。这一上山，就再也没有下山。还是生产队的干部上山去看他，领导说："麻子，还是下山吧，马已经没有什么用处了。"

他反问："马怎么就没有用处了？"

"有拖拉机了，有汽车了。"

"那这些马怎么办？"算上拉过车的马，生产队一共有十多匹马，"不是还需要人放马吗？那就是我了。"

第一个马车夫成了机村最后的牧马人。机村人对于那些马、对于麻子都是有感情的。他们专门划出一片牧场，还相帮着在一处泉眼旁边的大树下盖起了一座小屋，那就是牧马人的居所了。时间加快了节奏飞快向前，新人新事不断涌现。同时，牧马人这样的人物就带着一点悲情，隐没于这样的山间了。隔一段时间，麻子从山上下来，领一点粮，买一点盐，看到人，他那些僵死的麻子之间的活泛肌肉便浮起一点笑意，细眼里闪烁着锐利的光，就算是打过招呼了。当马车被风吹雨淋得显出一副破败之相的时候，他就赶着他的马群下山。每匹马的背上都驮了一些木料，他给马车搭了一个遮风挡雨的窝棚。

机村终于在短短的时间里，把马车和马车夫变成了一个属于过去的形象。这个形象不在记忆深处，马车还停在广场边一个角落里，连拉过马车的马都在，由马车夫精心地看护着。马和马车夫住在山上划定的那一小块牧场上，游走在现实开始消失、记忆开始生动的那个边缘。

拖拉机上的漆还很鲜亮，那些马就开始老去了。一匹马到了二十岁左右，就相当于人到了六七十岁，所以马是不如人经老的。第一匹马快要咽气的时候，睁着一双水汪汪的大眼。麻子坐在马头旁边，看见马眼中映出晚霞烧红西天，当通红的霞光消失，星星一颗颗跳上天幕时，他听见马的喉咙里像马车上的绊索断掉一样的声响，然后，马的眼睛闭上了，把满天的星星和整个世界关在它脑子的外边。麻子没有抬头看天，就地挖了一个深坑，半夜里，坑挖好了，他坐下来，抽起了烟斗。身边闪烁着明明灭灭的光芒，马的眼睛却再没有睁开。他熄灭了烟斗，听见在这清冷的夜里，树上、草上所起的浓重露水，正一颗颗顺着那些叶脉勾画的路线滴落在地上，融入深厚而温暖的土里。深厚的土融入黑夜，比黑夜更幽暗，那些湿漉漉的叶片却颤动着微微的光亮。

他又抽了一斗烟，然后，起身把马尸掀进了深坑。天亮的时候，他已经把地面平整好了。薄雾散尽，红日破空而出，那些伫立在寒夜中的马又开始走动，掀动着鼻翼发出轻轻的嘶鸣。

麻子下山去向生产队报告这匹马的死讯。

"你用什么证明马真的死了？"

他遇到了这样一个从来没有想过的问题。

"埋了？马是集体财产，你凭什么随便处置？皮子、肉都可以变成钱！"

他当然不能说是凭一个骑手、一个车夫对马的疼爱。他因此受了这么深重的委屈，但他什么都不说，就转身上山去了。其实，领导的意思是要先报告了再埋掉，但领导不会直接把这意思说出来，领导也是机村人，不会真拿一匹死马的皮子去卖几个小钱。但领导不说几句狠话，人家都不会以为他像个领导。麻子这个死心眼却深受委屈，一小半是为了自己，一多半还是为了死去的马和将死的马。从此，再有马死去，他也不下山来报告。除了有好心人悄悄上山给他送些日常用度，他自己再也不肯下山了。

这也是一种宿命，在机器成为新生与强大的象征物时，马、马车成了注定要退出历史舞台的那些力量的符号，而麻子自己，不知不觉间，就成功扮演了最后的骑手与马车夫，最后一个牧马人的形象。他还活着待在牧场上，就已经成为一个传说。

从村子里望上去，总能隐约看到马匹们四散在牧场上的影子。那些影子一年年减少，十年不到，就只剩下三匹马了。最后的那一年冬天，雪下得特别大。马找不到吃的，又有两匹马倒下了。那一天，麻子为马车搭建的窝棚被雪压塌了。当年最年轻力壮的青鬃马跑下山来，在广场上咴咴嘶鸣。

全村人都知道，麻子死了，青鬃马是报告消息来了。人们上山去，发现他果然已经死去。他安坐在棚屋里，细细的眼睛仍然眯着一道小缝，但里面已经没有了锥子一样锐利的光。

草草处理完麻子的后事，人们再去理会青鬃马时，它却不见了踪迹。直到冬去春来，村里有人声称在某处山野里碰见了它。它死了还是活着？如果活着，它在饮水还是吃草？答案就有些离奇了：它快得像一道光，人还没有看清楚它就过去了。那你怎么知道它就是青鬃马？我也不知道，但我就是知道。就这样，神秘的青鬃马在人们口中又活了好多个年头，"文化大革命"一来，反封建迷信的声势那么浩大，那匹成为传说的马，也就慢慢被人们忘记了。

（摘自《读者》2020年第16期）

柴米油盐之上
酷玩实验室编辑部

1

穷，曾是这4集纪录片主人公的共同特点，渗透在他们生活的方方面面。

第一集《开勇》的拍摄地，在云、贵、川三省接合部的一个小山村。2012年，这里村民的人均年收入还不到3900元。直到纪录片开拍的2019年，还有大量村民住在被评定为最高风险等级的危房里。镜头中，是令人触目惊心的贫穷：房子由泥土、木板搭建而成，里面从墙壁到"家具"都黑乎乎一片，几头牛、一两亩地，就是一家人的生计。

还记得《山海情》里的水花吗？因为一头驴、一口水窖，父亲就把她许给了从未谋面的邻村男人。纪录片第二集《琳宝》的主人公，很像现实版的水花。住在山沟里的琳宝，要花3个小时步行上下学，每天放学后，要砍柴、打猪草。因为贫穷，因为父母重男轻女，琳宝一早辍学，后来又早早嫁了人。在丈夫家，每天5点，琳宝就要起床，包揽所有农活，吃的却是白开水泡饭。比影视剧更残酷的现实是，琳宝频遭家暴。第一次遭受家暴，琳宝马上报了警，并逃到娘家。但一门心思想着息事宁人的娘家人，将琳宝送了回去。于是男人变本加厉，最严重的时候，琳宝被打得大半个月都没起来床。在贫乏的现实面前，钱，甚至比婚姻幸福更重要。她的生活里，总有太多的"不得不"。

电影《霸王别姬》里，有这么一句话："这得挨多少打，才能成角啊！"杂技之路，注定是一条血泪纵横的路，而第三集《怀甫》的主人公，正是万千从小讨生活的苦孩子里的一员：在水泥地上翻跟头，在长凳上倒立跳跃，稍不留神就"咣"的一声，头磕在地上；方便面只能在父母探望时偶尔吃上一次，技校的伙食远远供不上高负荷训练所需的能量，这导致怀甫营养不良，小小年纪，头发就大把大把地脱落。这段拿生命做赌注的童年经历，让已经35岁的王怀甫在看到技校的大铁门时，还心有余悸。能坚持下去的原因，无非两个：心疼学费，没有其他出路。

《山海情》里还有这样一幕，涌泉村一家兄弟仨，只有一条裤子，谁有事出门谁就穿上。而第四集《子胥》里子胥村的情况，比起涌泉村的，有过之而无不及：村民们食不果腹，冬天没棉被，就加几根稻草，睡在橱柜里。主人公邓德庚、陈德亮，年轻时是这个很穷的村子里最穷的两个人——穷到谈人生理想，都会被人笑话。

现实中，没有突然峰回路转的戏码，有的只是真实的绝望和生活的一地鸡毛。

2

如果不改变，贫穷将世代延续下去。

要想和贫穷、苦难一刀两断，就只能往外走。在这部纪录片的第一集中，村支书开勇想带着200多户村民易地搬迁。开勇26岁那年，父亲意外晕倒，几小时的山路横在眼前，使父亲错过了最佳救治时间。这个终身遗憾，让开勇下定决心，把乡亲们带出大山。为此，月薪只有2000元的开勇，每月自掏腰包1000多元作汽车油费，跑上跑下给乡亲们做工作。一年到头，开勇只在大年三十休一天假，才30多岁，他已经头发半白。而妻子则包揽了全部家务和庄稼活儿，照顾老人、孩子，为了补贴家用，还经常去建筑工地上搬砖。面对镜头，妻子说："我当你的贫困户，该有多好。"

偏远山村，落后的不只是经济，还有视野。即使开勇苦口婆心，新安置点医院、学校、银行配齐，还给安排就业岗位，但要让安于现状的老人搬离自己花毕生心血打造的家，谈何容易。

年轻人才是脱贫的主力。对比安土重迁的老一辈人，婚姻不幸的琳宝渴望摆脱传统与乡村的束缚。出走时，琳宝身上只带了500块钱，还在火车上被扒手偷了个干干净净。找到工作，已经是4天之后，琳宝走路走得脚底都磨破了。在外打拼的琳宝，终于可以释放骨子里的蛮劲：一个人开卡车，昼夜颠倒，全程8.5个小时，两天跑一趟。不仅要挨饿、憋尿，还要耐暑、耐寒；困了，就吃辣椒提神；洗澡，得去服务区卫生间；衣服，也晾在大卡车上。这份工作，给了琳宝不回老家的底气。

而这种在外漂泊的生活，让杂技演员王怀甫没能见爷爷最后一面。这成了他一辈子的遗憾。背井离乡出来打拼，要想从贫穷里逃脱，就不得不放弃很多东西。

在子胥村"穷到家喻户晓"的陈德亮、邓德庚，带着被嘲笑的梦想，选择孤注一掷，到上海从送小包裹做起。1998年的上海，已经车水马龙。而创业初期的陈德亮，只能每天蹲在路边，和师父分着吃5块钱的盒饭，有时候饿得不行，就到小餐馆里，捡别人吃剩的面条、米饭。

穷人的生活经不起折腾，一场意外就能带来灭顶之灾。有一天，恍惚间，又饥又累的邓德庚把包着13份外贸合同的快递件忘在了火车站台，之后寻遍车站，也没有找到。几千万的税款，甚至牢狱之灾，顿时压在邓德庚和陈德亮的肩上。眼看着最后签约时间就要到了，时间一分一秒砸下来，两个人急得像热锅上的蚂蚁。直到第二天凌晨5点接到失物寻回电话，陈德亮再也忍不住，激动地跪在地上，号啕大哭。在外浮沉漂泊、受人白眼的生活不好过，但和以前在苦日子里打转的绝望相比，这一切简直不值一提。

在看这部纪录片的时候，我有一种强烈的感觉：主人公都特别善于苦中作乐，在捉襟见肘的生活里，尽力把日子过得有滋有味。

纪录片拍摄时，正值过年，村支书开勇家杀了两头猪。开勇说："小时候吃肉是真正的奢求，不管怎么说，现在的日子已经好过了不少。"他给妻子敬酒："老婆，你辛苦了！"说完，两个人都不好意思地笑了。夫妻之间，心意相通，一切尽在不言中。

琳宝在打工之余，也尝试过开直播，遇见了情投意合的男人，他们在一起两个月就闪婚了。尽管两个人都是卡车司机，每周只能在服务站见一次面，但琳宝感觉很知足。

随团全世界演出的王怀甫，在美国迪士尼赚到了第一桶金，他开心地把美元拿回家，母亲却吓坏了，还以为那不是钱。

　　骑着自行车满上海送快递的邓德庚，有一次弄反了方向，掉头赶到时已经迟到，暴脾气的客户骂了邓德庚半个钟头，但邓德庚没有回一句嘴。结果，邓德庚因此得到了客户的信任，之后对方点名只让邓德庚送。

　　这一切，让人心酸又温暖。乐观的人，能与苦难和平共处，甚至蔑视苦难。

3

　　消除贫困，是一场没有硝烟的战争，像开勇这样付出自己青春和热血的干部们，就是奋斗在扶贫前线的战士。最终，开勇带领全村200多户村民走出了山窝窝。载着村民们去新家的路上，开勇的嘴就没合拢过。他们的下一代，必定会活得更有尊严。

　　在外打拼的琳宝，变得更独立，更清醒。一切步入正轨后，她带着现任丈夫，踏上回家的路。下车时，一句"老子终于回来了"掷地有声，这是她对自己过往不公生活的有力回应。面对重男轻女的父母，琳宝选择了谅解。她带着二老上街添置新衣裳，父亲坚持买不太合身的衬衣，琳宝就在爸爸脸上甜甜地落下一吻，说："好，爸爸说了算。"琳宝在用自己的方式向父母证明，她不比任何人差，她能靠自己走向成功和幸福。没承想，和现任丈夫还是发生了不可调和的矛盾。几个月后，琳宝果断和现任丈夫协议离婚。一路披荆斩棘，和苦难命运较劲的琳宝，比任何人都清楚，主导自己人生的重要性。琳宝说："我要靠自己买车买房，不会依靠任何人。将来，一定会给儿子最好的，还要把父母从山窝窝里接出来。"说这段话的时候，琳宝握紧了卡车的方向盘。

　　而祖祖辈辈都是农民的王怀甫，已经凭借自己的才能，在上海站稳脚跟，娶妻生子。童年时看到杂技舞台就发怵的他，现在已经是中国有名的杂技明星。35岁的怀甫，已经过了杂技演员的黄金年龄，但他放弃了做老师的机会，转而带领剧组演员一起探索如何在用高超的杂技技巧征服观众的同时，创造拥有丰富内心世界的角色。对怀甫来说，杂技不只是一门谋生的技艺，更是一种值得为之献身的艺术。

那个叫子胥村的地方，现在被人们称为"中国民营快递之乡"。多年以后，邓德庚回忆道："第一批走出来的村民，都是赤贫的人。"个人的奋斗，最终乘上了国家扶持快递行业的东风，"陈德亮、邓德庚"们的产业遍地开花。那些20多年前，在城市的大街小巷穿行，呼啦呼啦踩着自行车狂奔的青年，终于过上了好日子。不惑之年的他们，站在山上，看着不远处的子胥村，比比画画，合计着怎么给村子带来更好的未来。

4

在看这部纪录片时，我发现不少弹幕都写着"太好哭了"。它之所以如此打动人心，最重要的一个词就是：真实。在镜头里，有平凡人生活中的柴米油盐，颠沛流离，聚散离合……超乎大多数人想象的是，这部纪录片的导演，是个外国人。

1981年，这个叫柯文思的英国人第一次来中国。那一年，中国改革开放不过两三年的光景。在城市里，柯文思看到的景象是，街上自行车成千上万，但几乎看不到一辆轿车；而在偏远的山村里，到处都是穷困的景象。2019年，当柯文思再次踏上这片土地的时候，他震惊于中国崛起的速度，于是与中国工作室合作，拍了这部纪录片。

在中国改革开放后的这40多年间，这片热土之上万物竞速，有太多的中国家庭发生巨变，也有太多值得品读的个体故事。生活在这片土地上的普通人脚踏实地奋斗着，努力向前走，用自己的双手开疆拓土，一天比一天过得好。他们是为乡亲们吃苦受累的村干部开勇、清醒独立的卡车司机琳宝、献身杂技艺术的演员怀甫，反哺乡村的民营企业家邓德庚、陈德亮。

还有你，和我。

（摘自《读者》2021年第24期）

致所有正在经历青年危机的人

朵拉陈

研究生刚毕业的时候，我信心满满，手握着荣誉毕业生的奖状，头顶常春藤名校的光环。当时的我真以为自己就是"天之骄子"，未来之路四通八达。

不到一个月，现实就把我打回了原型：我坐在一个四面无窗的小隔间里，拿着行业中最低的起步工资，做着最辛苦的危机干预工作。上班8小时，不是在处理各种疑难杂症，就是在写病历报告，有时连饭都顾不上吃。更倒霉的是，因为伴侣当时还在上学，为了结束多年的异地恋爱，我只能选择生活在全美物价最高的加州湾区。在这里，我的工资根本不够用，每天节衣缩食，只为付得起夸张的房租。

美国加州心理咨询行业规定，咨询师需要在硕士毕业之后，积累满3200小时的临床咨询时间，通过两场考试，才能获得心理咨询师执照。

那个时候的我，常常望着那3200小时出神：天哪，到什么时候我才能完成这么多临床时数啊！

我的生活怎么会变成这样？我想到了读书期间对未来生活的畅想：我穿着漂亮的职业套装，在窗明几净的心理诊所里，与来访者进行灵魂的碰撞……这也差得太远了吧。

我打开手机，看到朋友圈里发小买房了，脸书上同学办了一场古堡婚礼，领英上同行又升了职……再看看我自己，便真正感到了"自惭形秽"：不应该啊，我的生活不应该是这样的啊！

初出茅庐的那点傲气，被生活一点一点地磨平。我感到，自己看起来有很多选择，但每一条路都像是通往死胡同。

虽然这样想着，但在现实中，我并没有走进死胡同。就这样挣扎着、困惑着、自惭形秽着，3200小时到手了，执照考过了，收入提高了，甚至如今，我真的拥有了一间窗明几净的心理诊所。

这段路走得很不容易，但和人生的漫漫长路相比，又好像很容易。

现在想来，我十分感激刚毕业的那段经历。在临床咨询工作中，每当遇到年轻的来访者抓着头发，痛苦地喃喃自语"不应该啊，我的生活不应该是这样"的时候，我就知道，对面的人和当年的我一样，在经历着青年危机。

青年危机，是从"中年危机"一词演变过来的。心理学家艾利克斯·福克定义青年危机为"一段关于职业、人际关系和财务状况的不安全感、怀疑和失望的时期"。一般来讲，青年危机出现在人生20岁到35岁。

早在1950年，发展心理学家爱利克·埃里克森就提出了人主要有8个社会心理发展阶段，每当人们从一个发展阶段进入另一个发展阶段的时候，就会遇到心理危机，产生对人生的不安全感、怀疑和失望等情绪。

埃里克森认为，当进入青春期（12岁~18岁）的时候，人开始积极地思考与确认自我的身份特征：我是谁？我想要做什么？我的人生将往哪儿走？对埃里克森而言，这是青春期应当完成的任务。

但是，当今社会的生活方式已经和20世纪50年代大不相同了。大部分当代心理学家认为，埃里克森的心理发展阶段理论有其科学依据，但与现代人的人生周期不相符。随着现代人寿命的增长、受教育程度的提高以及多元化社会运动的发展等，对于身份特征的探索不仅仅是青春期的任务，而是和"建立亲密关系"这一心理发展阶段任务融合在一起，出现于20岁~35岁，形成了青年危机。

心理学家奥利弗·罗宾逊认为，青年危机主要分为5个阶段。

阶段一，你感到完全被生活中的选择困住。比如，你不知道该选择什么样的职业，不知道该维持什么样的亲密关系，觉得自己正在被生活的压力推着往前走。

阶段二，你感到必须走出这样的被动局面。你越来越觉得，如果自己能够"豁出去一次"，也许生活就会有转机。

阶段三，你开始行动了：你辞掉不喜欢的工作，结束了一段鸡肋般的感情，现在要干什么呢？你还是不知道。你进入一段"暂停时间"，试图重新认识自己，重新找到生活的目标。

阶段四，你找到一些大方向，但不大清楚具体应该做什么。你一点一点地摸索着、构建着新的生活，虽然很缓慢，但是，心里感到踏实与满足。

阶段五，你感悟到自己真正向往的生活是什么样的，你下定决心，开始为这样的生活而努力。

通过个人经历以及临床咨询，我感受到了心理上的痛苦主要来源于青年危机的第一和第二阶段。那是一种身不由己的焦虑感，就像一只在太阳底下被关进玻璃罐的蜜蜂——前途看似一片光明，却不知道该怎样冲破这层厚厚的玻璃，向着那光明飞去。

内心的焦虑感是痛苦的一方面，不被人理解的孤独感是痛苦的另一方面。正如伟大的埃里克森无法预知21世纪人们的生活方式一样，父母和其他长辈也很难理解这些80后、90后的年轻人"到底在折腾个什么劲儿"。上一代人的青年时期，生活中可供选择的少之又少，所以也不必费力纠结。我们这一代人站在他们的肩膀上，幸运地获得了更多的选择和机遇，困惑与迷茫自然也就变多了。

在美国，抑郁症患者的病发年龄，已经从中年危机的年龄（45岁左右）渐渐滑向了青年危机的年龄（25岁左右）。这说明，青年危机是一个需要被正视、可能会引发心理健康问题的心理发展状态。

讽刺的是，心理上最容易被青年危机所影响的人群，恰恰是那些"上进生"：如果你是一个怀揣着坚定理想，对人生有既定规划，而且对自己严格要求的人，很不幸，你最有可能被现实世界中的挫折击中，感到无比失望与困惑——就像我当年那样。

那么，可以做些什么来应对青年危机呢？

首先，坦然接受青年危机的到来。别误会，虽然一切都在向好的方面发展，但我并不认为自己完全走出了青年危机。生活中的挫折、困难与失败不会停止，我依然常常在冰冷的现实世界面前感到不安全、怀疑和失望。

但是，与刚毕业时不同的是，现在的我明白，这是一段人生必经的心理发展状态。这样的意识帮助我"正常化"了内心的不安感受，我不会再因为"怎么还在为我的人生焦虑"而焦虑、自责和惭愧。

特别是，当在咨询室里听到那么多不同文化背景、不同成长经历的来访者，都经历着与我相似的痛苦：不知道手头上的工作是否有意义，不知道何时才能遇到真爱，不知道如何以成年人的身份与父母相处，甚至不知道明年的自己会在哪里……这时，我便明白，青年危机的到来，并不是因为我们有多糟糕，而是因为我们都是平凡人。

同样的，来访者在听到我分享的青年危机的感受时，他们也感叹：一个心理咨询专业出身的人都有同样的纠结，那么，我所经历的大概也是正常的吧！

其次，适当远离社交媒体。

社交媒体创造了一种幻象，让我们以为别人的生活充满喜悦的闪光时刻，让我们笃信人生就是一个"只要努力就会成功"的线性回归方程式。反观自己的生活，却并非如此。相形见绌之下，焦虑、嫉妒、愤怒、自责等复杂情绪就由此产生。

2010年到2013年期间，心理学界进行了一系列关于社交媒体与情绪的研究，正式把这些因社交媒体内容而产生的复杂情绪命名为"错失恐惧症"。有这种感受的人总会觉得别人正在经历一些非常有意义的事情，而自己总是在错过。

然而，如果能够静下心来想想，我们就可以拆穿社交媒体所制造的幻象：谁会把枯燥乏味的生活琐事、日复一日的工作细节发到朋友圈？谁又会把从"开始努力"到"最终成功"中间的曲曲折折，都事无巨细地写下来，还能成为"10万加"的爆款文章？就连我们自己，都只愿意把自己最好的一面呈现在社交媒体上。所谓"别人的人生"，其实都不是真正的、完整的人生，只是一些生活中的闪耀瞬间罢了。

因此，处在青年危机中的我们，更需要具备批判性思考的能力，来冷静地面对社交媒体的信息爆炸。当看到"别人的人生"时，在自惭形秒之前，我们是不是可以先问问自己：我了解到的故事就是他们真实的、完整的人生吗？

第三，合理管理我们的人生预期。

心理学家奥利弗·罗宾逊指出，青年危机会在我们20岁~35岁反复出现。很有可能，当我们达到青年危机的第四阶段——找到一些大方向之后，又因为某些转折回到第一阶段——感到被生活困住。因此，奥利弗·罗宾逊认为，我们必须学会合理管理自己的期望，舍弃一些"我的生活应该是这样"的偏执念头。

这并不是说我们要放弃自己的梦想，而是在追逐梦想的道路上，让自己多一点耐心和灵活度。

或许，我们常常高估了自己在一天、一周内可以完成的事情，却低估了自己在一年、两年、十年间可以完成的事情。

与其责备自己"我的生活不应该是这样的"，不如告诉自己，我现在的生活就是这样的。

最后，把青年危机当作锻炼情绪智慧的契机。

在冷冰冰的现实面前，我们不得不调整自己，找到适合的方法来应对压力：有些人捡起了小时候的兴趣爱好，有些人找到了相互理解的社群，有些人爱上了瑜伽等身心结合的活动，有些人通过写日记更好地了解自己，有些人寻求专业的帮助……这些让人感到身心舒缓的方法，在心理学上叫作"自我关怀"。

在自我关怀的过程中，我们的情绪智慧也在增长。情绪智慧是一种认识、了解、管理情绪的能力。良好的情绪智慧会让人意识到，"我不等于情绪"——我现在感到自己很糟糕，并不代表我就真的很糟糕，也不代表我永远都会感到这么糟糕。

比如，在做瑜伽时，我会在感到糟糕的同时体会到愉悦和放松；过了一两周，生活发生了些许变化，我就会觉得没那么糟糕了。这样的经历让我明白，糟糕的情绪会来临，但它不再会吞噬我、支配我，更不会永远停留在我身上。

心理学研究也发现，良好的情绪智慧，是帮助人们度过生活转折的重要技能。

正如"危机"这个词语，是由"危险"和"机遇"组成。而青年危机，也是由被生活困住的"危险"和增长情绪智慧的"机遇"组合而成的。只有经历过失败，我们才能学会如何原谅自己；也只有经历过痛苦，我们才能体谅他人的不易。

也许，青年危机的出现，正是为了帮助我们做好热身准备，来面对今后人生路上大大小小的危机。

在刚毕业的那段日子，有一句话给了我很多宽慰与力量："我们的20岁和30岁适宜栽种，不适宜收获。我们不能不给梦想的种子生根发芽的时间，就把它们从土壤里挖出来。"

我想把这句话，送给所有正在经历青年危机的人。

（摘自《读者》2020年第3期）

纸上王国

邓安庆

　　有一天，爸妈从外地回来暂住。大房子里一下子热闹起来，妈妈在灶房切菜煮饭，爸爸在后厢房堆麦草垛，楼上楼下灯火通明。妈妈叫我去村里买瓶酱油。走了一里地，提着酱油回家，大房子复归沉寂，灶房的柴火熄灭了，后厢房的门大敞着，楼上楼下，夜色倾泻而出，我转遍房间的角角落落，叫着爸爸妈妈，他们却仿佛根本没有回来过。我不知自己是在现实中还是在梦中，明明不久之前妈妈还在叫我，怎么她突然就不存在了。我跑出屋子，去村庄里寻找他们。等我沮丧地再回来时，妈妈站在灶房的门口，问我买瓶酱油怎么磨蹭这么长时间，菜都快烧焦了。爸爸在阳台上修烟囱，叫我上去帮忙。刹那间，我有一种强烈的不真实感，仿佛刚才那一段静寂的空白根本没有发生过。

　　我一直无缘得问他们去了哪里，我只是反躬自问那天究竟是不是我出现了错觉。他们是不是一不小心进入了我的纸上王国？

在我九岁的时候，爸妈决定离开村庄，因为我还要读书，所以只能在大房子留守。刹那间，亲人四处飘散，炉火不温，棉被不暖，清晨再也不会有妈妈在床畔端着一碗热气腾腾的蛋汤等我起床喝。我一时不知如何自处。我孤身坐在阳台上，看着村庄渐渐沉睡，黑瓦铺排的屋顶沉没在渐渐涨起的雾气中。繁密的星星，浮现在江雾蒸腾的田野上空。这时候，我常凝视着阳台斑驳的墙壁：雨水滑过的残痕，墙泥盘旋的纹理，裂缝的脉络，无数的线、团、块组成无数的图案，有马，有牛，有熟人的面孔，有歪扭的字……无穷的影像纷至沓来。我怀疑夜夜在大房子里徘徊的那个透明物，就躲在这墙壁里面。

乡村的夜晚最是安静，田野被汹涌的江风碾过，尖厉的啸声直刺进人的心里。大房子放下白天凝滞的姿态，每一处都活动起来。糊着油纸的窗一吸一鼓，整扇窗子便像有无数张嘴似的，"叭叭"地吐着闷气。灯苗跳闪，摇曳着整个房间里鬼魅似的阴凉。楼上老鼠细碎的奔逐声纷沓沓滚动着，灶房房门凄厉的呻吟声吱呀呀张合着，锅盖砸地的巨大声响咣当当震跳着，这些可辨识的声音奔涌不息、浩浩荡荡，侵袭着耳朵，啃噬着心灵。而最可怕的是那些没有声音的时刻，我蜷缩在床上，放下蚊帐，裹紧被子，过分的安静反而让我睡不着。我已经把房门锁得紧紧的，又把窗户关得死死的，一切都封好，可我还是睡不着。窸窸窣窣的脚步声，从空旷的阳台下来，轻轻地磨蹭着，到了另一间房子又出来，转过身往这边移过来，近了，近了……我赶紧睁开眼睛，仔细听，却什么声音都没有。

一个黄昏，我偷偷地扒在伯伯家的灶窗上，看到他们一家老小围在一起吃饭，明亮的灯光下蒸腾着饭菜的热气。我悄悄地跳下来，转身回到自己的大房子，不说一句话。那种被抛弃、被排挤的感觉如此强烈。我记得有一次跟爸妈怄气，跑到外面一个巷子里躲了起来。不大一会儿，就听见爸爸的召唤声，我故意不理，然而心里是踏实的。找不到我，爸爸是不会回家的。现在，我在夜晚走遍村庄的每条巷子，狗吠声此起彼伏，还有鸡棚里骚动的声响，但是不会有人来寻我了……我只有回到我的大房子里。

大房子里有我的宝藏。我从东厢房翻到西厢房，从楼下翻到楼上，没有目的地寻觅。沉重的木箱、酸臭的菜坛子、结实的石墩，每一件器物上都留有我的手温。终于有一天，我找到几本哥哥用过的地理书，很快被吸引。我尤其爱看那些花花绿绿的地图。方寸之间，仿佛囊括了天下万物，这是何等的气魄！细如发、密如网的江河，黑白相间的铁路线，圈状点状的城镇……一些奇特的符号在我的脑海中构筑起宏大的江山。我记起六岁的时候坐着火车到广州去，不变的是窗子，变幻无穷的是窗外的风景。行走在巨大的空间中，我的心灵也随之无限地张开，让时间酣畅地流淌。

流淌的还有我的想象。我已不满足于只是看看书上的地图，我还要迫不及待地建造出自己的纸上王国。无声的春雨将息，门前的泥路上多出几个小水潭，我给每个水潭取名字，并把它们挖通。在我眼里，这分明是几个大湖，被挖通的水道便是运河，而泥土里的细沙，是湖边聚集的居民；更激动人心的是江滩、海滩：曲折的是江岸、海岸，伸出来的是半岛，缩进去的是海湾；扇形的泥面是冲积平原，凸起的山坡是山脉，凹下的是山谷、盆地；泥土发黄的地方盛产金矿，铺满石子的地方戈壁连天。这一切都可以画在一张大白纸上。用蓝色的圆珠笔勾勒出这个王国的轮廓，用黑色铅笔铺排出一座座山脉，用红色钢笔描绘出庞杂的河流……河流交叉处的平原上必有城市，城市之间必有铁路公路，路与路的交叉必定会形成交通枢纽；有山的地方必有矿产，有矿产的地方必有城市和铁路……白纸上铺满各种符号。

一个王国就这样展现在我的眼前：绵延千里的山峦，富庶无比的平原，苍茫无垠的沙漠，繁华梦幻的都会，忙碌拥挤的铁路……我闻到大江磅礴的水腥味，听到幽幽的山谷里清脆的鸟啼声，触摸到小溪边柔腻的水草。

现在，我不再害怕夜晚。我将煤油灯点亮，白纸铺开，笔尖削好，一切就等着我去尽情地挥洒。现在我不单要画地形，还要为这个王国编织历史。在我的历史中，开始出现某个具体的人、某个具体的地方。每当晚上闭上眼睛时，我就会想：那个人现在在干什么呢？那个地方我需要添加一些什么东西呢？而我的大房子就是这个王国的宫殿，我宛如国王一般，拿着我的地图，巡视着我的宫殿。我想象王国中的人物生活在这间大房子墙壁上纷杂的线条色块里、绿苔浮漾的水缸里、裂成两块的镜片里。白天他们躲着，到了晚上他们在大房子里走动呼吸，在沉睡的村庄上空飞舞，在无限的宇宙中来去自如。他们只属于我一个人。

偶有亲人拿起我的作业本，发现上面是稀奇古怪的符号，但他们不懂这是我想象中王国的文字。我着迷地发明各种符号，分配给王国不同的地区和民族。我用各种布头和针线，缝制我想象中的人物，为他们编织故事。邻家的大伯怀疑我生病了，他常看到我两手拿着布头做成的小人在阳台上自言自语。他不知道那不是普通的布头，而是伟大的人物，正在进行决定世界命运的交谈。只有大房子是懂我的。从屋瓦的缝隙中漏下条状的阳光，那是我想象中王国的金色大路；而从后厢房的麦草堆散发出的干爽蓬松的气味，是我想象中王国的田野之风；阳台上龟裂的水泥纹路是神秘的迷宫路线。

每当回想起那一天爸妈莫名消失的空白片段，我就有一种莫名的亢奋。我已经和我的大房子建造了我的纸上王国，只有我最亲的人才能进入。我想象着在那个空白点上，我和我的爸妈脱离现实的肉身外壳，进入大房子中唯我知道的神秘通道，在那里，我带领着我的爸妈在我的纸上王国巡游，从沙漠到大海，从热带雨林到温带高原，从绵绵山脉到浩浩江河。他们将会喜欢我和大房子共同建造的想象王国，从此以后再也不用一次又一次从我身边离开。

（摘自《读者》2022年第3期）

从骑毛驴见毛主席，到坐飞机开两会

小 鹿 隋 唐

在2021年的全国两会上，一名"95后"女孩的亮相引起了大家的关注。

她就是如克亚木·麦提赛地，既是全国人大代表，也是民族团结模范"库尔班大叔"的曾外孙女。

20世纪50年代，新疆于田县农民库尔班·吐鲁木被评为"全国劳动模范"，两次受到毛泽东主席接见，人们亲切地称他为"库尔班大叔"。

2012年年底，如克亚木实现了她家4代人当兵的梦想，成为中国第一艘航母"辽宁舰"上的第二批女兵。

从完全听不懂普通话、完全不谙专业，到成为航母上熟练的通信兵，如克亚木不仅实现了自己当海军的梦想，还见证了"辽宁舰"的一次次远航。

今年，如克亚木从家乡坐着飞机进京，续写60多年前库尔班大叔"骑着毛驴上北京"的传奇故事。

骑着毛驴上北京

这是个跨越3个世纪的故事。

1883年，库尔班·吐鲁木出生在新疆维吾尔自治区于阗（今于田）县托格日尕孜乡一个贫苦的农民家庭，年轻时的他和千千万万的农奴一样，饱受封建地主的剥削和凌辱。

暗无天日的日子在库尔班大叔66岁时终于迎来曙光。1949年，新疆和平解放。1951年9月，南疆开始实施土地改革。

土地改革前，新疆80％的土地掌握在不足5％的地主手里，90％的农民都是地主的奴隶，当牛做马，两头不见太阳下地干活，一年到头还填不饱肚子。

库尔班的小儿子买买提·吐尔逊曾回忆道："父亲肩头的褡裢里，每天会有几块碎包谷馕和一捧苞谷面——那是父亲去村里的巴依家干一整天活的全部报酬，也是一家老小6口人赖以度日的全部吃食。"

土地改革后，农民分到了土地，最少的1亩，最多的有7亩，从地主家缴获的1亿斤粮食被送进了40万户农民家里。库尔班大叔一家共分到了14亩地，从此买买提每顿都能吃饱了，而且还能吃到白面馕。

1955年，新疆维吾尔自治区成立之后，买买提上学了。

好日子来得猝不及防。年逾古稀的库尔班得知"是毛泽东主席使他翻身解放"的时候，便萌发了骑着毛驴、带上一袋子馕到北京感谢毛主席的心愿。他说："只要我的毛驴不倒下去，一直走，就一定能到北京。能让我亲眼看看毛主席，我这一辈子也就心满意足了。"

很快，他的心愿真的实现了。

1957年，时任新疆维吾尔自治区党委书记的王恩茂到和田地区调研工作时得知了这件事，特地前往库尔班家探望，并答应有机会一定让他到北京去。1958年6月28日，毛泽东在中南海接见了库尔班大叔。面带笑容的毛主席走到库尔班面前和他亲切握手，库尔班向毛主席问好并送上了他自己晾晒的杏干和葡萄干。

见到毛主席后的第二年，库尔班大叔加入了中国共产党。

库尔班大叔生前两次受到毛主席亲切接见，还被选为全国劳动模范和第四届全国人大代表，担任过中共于田县委委员等职务。1975年5月26日，库尔班在和田逝世，终年92岁。2019年9月25日，库尔班获"最美奋斗者"荣誉称号。

圆梦"辽宁舰"

库尔班大叔去世前，给后辈们留下遗嘱："永远不能忘记党和国家的恩情！"

库尔班大叔共有7个子女，其中两个当了干部，5个在农村务农，7个子女中有4人是共产党员。

小儿子买买提始终牢记父亲的话，主动要求到艰苦的岗位上去——他在克拉玛依市粮食局当一名搬运工，从未对任何人提起过自己的身世，两次荣获"克拉玛依市粮食局先进工作者"称号。后来，他又被调去新疆石油管理局工作，之后一直生活在克拉玛依。

而库尔班大叔的长女托乎提汗，则一直生活在于田县先拜巴扎镇良种场村。她的长子麦提图尔荪·艾萨是村里的铁匠，幼子依明江·艾萨在于田县兰干乡从事统战工作。

1995年6月，库尔班大叔的曾外孙女、托乎提汗的孙女如克亚木·麦提赛地出生。

受家人的影响，如克亚木从小就萌生了参军梦。2012年12月，海军在和田征兵，17岁的如克亚木立刻报了名，并剪去一头长发。入伍前，父母叮嘱她要好好干，不能给家乡丢人。

如克亚木如愿成为中国第一艘航母"辽宁舰"上的第二批女兵。然而，新兵训练的第一天，她就遇到了语言不通的困难，急得直掉眼泪。

如克亚木的战友们见状，纷纷帮助她学习普通话。那时，每天晚上训练结束后，如克亚木就在灯下拿着《新华字典》学习。后来，她不仅顺利通过了语言关，还成为航母上熟练的通信兵，见证了"辽宁舰"的一次次远航。

她说："从渤海到南海，伴随着'辽宁舰'，我一路见识到祖国的发展盛况，我为我是中华民族大家庭的一员而自豪。"

当兵的日子里，如克亚木和战友们结下了深厚的情谊。2014年12月，尽管万般不舍，还是到了退伍的时候，如克亚木哭了很长时间。如今，她曾经的班长、战友还会给她写信打电话。

退伍后，如克亚木回到新疆和田市于田县家中，担任于田县库尔班·吐鲁木纪念馆讲解员。

她说："作为库尔班·吐鲁木的后人，曾爷爷（指曾外祖父库尔班）爱党爱国的事迹从小就影响着我，教育着我要听党话、感党恩、跟党走。在库尔班·吐鲁木纪念馆担任讲解员的日子里，每一次的讲解，都让我更加深刻地了解曾爷爷，理解他为什么热爱党、热爱祖国。是中国共产党让我们家走出了黑暗，过上了幸福的生活。"

如克亚木还与一名警察结了缘，成为一名警嫂。她的丈夫阿卜杜萨拉木·图尔荪托合提是于田县公安局先拜巴扎镇派出所警务室的一名民警。如克亚木说："能够嫁给警察，是我的福气。"

2015年1月，如克亚木受邀来到北京，参加由国家互联网信息办公室指导，新疆互联网信息办公室、共青团北京大学委员会主办的"万个故事献祖国"活动。她与另外11名来自新疆各行业、不同年龄段的平常人讲述自己的人生故事。

在北京大学的校园里，如克亚木从曾祖父库尔班大叔骑着毛驴上北京，讲到了自己参军的故事。她说："没想到能在北京大学的校园里讲述自己的故事，我有些害羞又充满自豪。"

一封信续写家族感恩故事

从中华人民共和国成立至今，新疆无论是经济还是民生都得到了长足的发展。从1952年的7.91亿元到2018年的1.2万亿元，抛开物价上涨因素，新疆的经济总量增长了200倍。成长在中华人民共和国的如克亚木一直将自身发展、南疆农村发展同国家和中华民族伟大复兴紧紧联系在一起。

2017年年初，如克亚木受奶奶托乎提汗的委托，给习近平总书记写了一封长达7页的信，讲了一家人的幸福生活以及家乡的发展变化。

习近平总书记给托乎提汗回信，向她和家人及乡亲们送上祝福，并希望各族群众像石榴籽一样紧紧抱在一起，在党的领导下共同创造新疆更加美好的明天。

收到习近平总书记的回信，一家人非常感动，托乎提汗连连说："总书记那么忙，我没想到他真的给我回信了……"

如克亚木也非常激动，她说："奶奶一直教导我们要跟党走，没有共产党就没有我们现在的好生活。"

如克亚木始终秉承着优良的家风。2020年2月，目睹新冠肺炎疫情对武汉人民造成的伤害，她和库尔班基金的同事们向武汉疫情防控一线的医护工作者捐赠了5吨大米。经过媒体的牵线搭桥和爱心企业的帮助，这批大米从阿拉尔启程，历经6天、跨越4000余公里，于2020年3月16日下午运抵武汉市第七医院。

回忆起那次特殊的捐赠，如克亚木充满感慨："捐赠活动得到了社会各界的关注和支持，让大家进一步了解了'库尔班精神'就是热爱党、热爱祖国、热爱中华民族大家庭。作为库尔班的后人，我要把这种精神继续传承好、弘扬好。"

2020年，于田县完成脱贫攻坚任务。作为全国人大代表的如克亚木心情十分激动。她说，新疆各族干部群众都像我们一样把民族团结视为生命，大家同吃、同住、同劳动、同学习，还互相帮助，解决困难和问题，新疆各族干部群众一定会像石榴籽那样紧紧地抱在一起。

中国高速发展的缩影

2020年12月26日，于田万方机场通航，搭建起大漠深处通向四海的"天路"。我们再也不用坐车200多千米到和田市赶飞机。在家门口坐上飞机，用1小时55分钟就能到乌鲁木齐。

可喜的变化不止于此，地处塔克拉玛干沙漠南缘，曾为国家级深度贫困县的于田县，在2020年实现了脱贫，老百姓过上了好日子，开启了新生活。

农牧民居住的土坯房变成了砖瓦房，家家通上了自来水，柏油路直通家门口，网络通到农牧民家里；有的农牧民走出家门，在附近的工厂就业，有的养牛羊、养鸡兔，还有的种植玫瑰花、红枣，腰包越来越鼓，干劲越来越足。

现在，有很多村民买了小汽车，日子一天比一天好，就像芝麻开花节节高，希望今后家乡的人民能够继续靠自己的双手奋斗出更美好的生活……从库尔班大叔骑着毛驴去北京，到如克亚木坐着飞机去北京，这个普普通通的家庭，恰是中国高速发展的缩影。

（摘自《读者·庆祝中国共产党成立100周年特刊》）

到那山上去

和菜头

那是一个初秋的傍晚，父亲指着基地宿舍对面的一座山，说："我们到那山上去。"

"可是那里有什么？"我嚼着嘴里残留的饭粒，含含糊糊地问。

父亲沉吟片刻，又开口说："山顶有一棵红色叶子的树，我们去看一下。"

我抬眼望去，眼前都是山，山上都是树。我们在一条山谷的谷底，无论从哪个角度看出去，看到的只会是山。父亲说的那座山与我们的直线距离大约有五公里，算是其中比较低矮的一座，刚好正对着宿舍楼的大门。我用力去分辨，在一片深绿色的树丛中，隐约有一株叶子是暗红色的树，但是并不分明，因为大片裸露的泥土也是红色的，而且是一种鲜艳的赤红。

我们越过门口的操场，两次。那是士兵们用来训练的地方，当初大概是用推土机把泥土推到四周，平出一块地来就算是操场。泥土沿着跑道堆了高高一圈，我们径直穿过操场，笔直地朝着那座山进发。途中我们两次翻过泥土夯成的围墙。那些土没有夯实，不断落入鞋子里，我们脱下鞋抖了两次，第二次抖鞋的时候，我发现鞋垫已经被泥土染成红色，而那座山依然那么遥远。

经过一间变电站的小屋之后，我们很快就进入荒野。周围再没有人造建筑的痕迹，只有低矮的灌木和茂密的草丛，中间散落着大小不一的石头。我们每走一步，都会惊起蛰伏在草丛中的昆虫。有些蚱蜢体形很大，猛然跳起，扇动翅膀发出"沙沙"声，在空中一个急转就扎进远处的草丛，就像一团急速移动的灰雾。这时候我们很难继续保持直线行进，因为到处都有大片的鬼针草，只要经过就会被挂上一身种子，我们只好不断绕行。

父亲说："是牛。"我知道他的意思，这些鬼针草的种子是周围农民放牧时，自家牛羊从远处带来掉落在这里的。我们在这一段路上耗费了许多时间，始终低着头，不断在石头和鬼针草之间绕路。等到终于抬起头来，我们已经置身于山脚。

此时天色依然明亮，足够我们找见隐藏在草丛里的小路。虽然所有的山看起来都荒无人烟，只有鸟和昆虫出入其间，但如果走到近前，就会发现山民在这些大山之间穿梭——或者放牧，或者赶集，又或者走亲访友。于是，在长草之下，隐藏着他们用脚走出来的小路。那些小路蜿蜒曲折，往往沿着山势向最为平缓的地方延伸——有时候他们会背着几十公斤重的背篓赶路，需要一条不那么陡峭的路，所以宁可在山上不断盘旋下降。从小路上也可以看出曾经走过的人性格如何，有些地方非常粗暴地出现一条快速下降的捷径，泥土因为鞋底的摩擦而留下一条深沟，直接通往更低处的山路，却也因此减少了一个转弯。

我们在长草丛中沿着小路攀登，很快周围就都是比我高的树丛。由于看不见山顶的景象，我只有回头去看山脚下遥远的操场，据此大概猜测自己此刻所处的高度。树丛中非常安静，只有很小的虫子不断在面前横冲直撞。我跟在父亲身后，一步一步往上攀爬，看着深色的汗渍慢慢出现在他绿色的军衣背心上，然后朝着腰部扩散。我们身上散发出浓烈的汗味，吸引来的蚊子在我们头顶不断盘旋，直至变成一团黑色的烟云。父亲用刀砍了两根细而长的树枝，我们一边走，一边举着树枝在头顶不断做小幅晃动。树枝发出"呜呜"声，从蚊群中反复穿过，蚊子就像小雨点一样落下，落在衣服上会有轻微的"啪啪"声。黑色的烟云很快变淡散去，但是并没有什么用，因为蚊子还在不断从远处赶来。

我们终于抵达山顶，那里只是一片平淡无奇的缓坡。既没有树丛，也没有长草，就是一片草坪而已，中间散落着牛粪，应该经常有牛群在这里休息。那棵红色的树在草坪的下缘，我们抵达时天色已经渐暗，但是，在夕阳下它红色的叶片仿佛正在燃烧，呈现出一种半透明的红。父亲说："真的是漆树。"说完，他掐掉树叶的嫩芽，放在嘴里嚼，并且示意我也尝尝。

漆树芽有一种苦涩的味道，没有回甜，也没有香气，只有植物的味道，我猜那就是漆树的滋味。我们家有漆树油，是用它的种子榨出来的油脂，按照本地风俗应该用它来炒鸡肉。我尝过，并不觉得有什么特别。这是我第一次吃漆树叶，似乎也没有什么特别。太阳在群山之间又落下去一些，山风四起，从这里看过去，群山仿佛落入粉色、金色、淡青色和黑色的重重帷幕之后，而我们正在没入彻底的黑，连漆树也渐渐失去红色而变成暗金色。我问："我们来这里干什么？"父亲回答："看看。"

我们就这样谁也不说话，嚼着嘴里的树叶，站在山顶看着太阳慢慢落下。

（摘自《读者》2022年第3期）

说多就没意思了

乔　叶

"你好，我是明天接机的司机小陈，欢迎你来到四川。明天见！"

我回复了"谢谢"，在手机通信录里存下了"司机小陈"。

因为经常出差，我遇见过很多接站司机，但我从不存他们的手机号。我估计他们也是一样，彼此之间就是一种紧贴着底线的礼貌性应付关系。他们中很少有人像小陈一样提前一天和我联系，而且还是以短信的方式。相比之下，发短信显然比直接通话周全。通话虽然快捷，却让人没有时间思忖，多少显得有些鲁莽。发短信的这个小陈够认真，也有经验，不太寻常。

翌日中午，航班到达成都双流机场。我落地刚一开机就收到了小陈的短信，问我到了吗。我说，到了。他的电话马上打进来，让我坐电梯到3楼出发层6号门那里等他，他会在5分钟之内把车开到那里接我，这样我既不累，效率也高。

一上车，我不禁称赞他："哥们儿，你这么准时，素质很高呀。"他说："你过奖了，啥子高呀，这是最基本的职业道德嘛。"我说："最基本的就是最重要的，现在很多人都做不到了，所以你的素质还是高。"他显然很受用，突然一笑，说："要是在美国，我这服务能挣不少小费咧。"

"你拉过美国人？""嗯。"他目视前方，面无表情，"骆家辉、米歇尔，我都拉过。"

"天哪，真的？""这有啥子好作假的。其实我不爱说，说多就没意思了。"

我赶忙接话："一看你就是个低调的人，我平生最钦佩的就是你这种低调的人。档次低没品位的人说，那是炫耀；你这样的，就是分享。"

"这个说法有点儿道理。"他矜持地点点头说，"那就跟你分享分享？"

"我接待的第一个美国人，就是骆家辉。那是2014年，刚过完元旦——你看多快，转眼就是3年前了——他是1月来的。这不是他第一次来成都，之前还来过一次，是2011年8月。他那次来才好玩，去吃了一家苍蝇馆子哩。那段时间不是拜登要来嘛，他要先为拜登试吃。那家馆子小得哟，连一张像样的大圆桌都放不下，连招牌和菜单都没有，也不知道他的手下是怎么找到的。不过也不奇怪，美国领事馆在成都扎了这么多年，早就知道啥子东西好吃。他们的领导漂洋过海地来了，他们还不请领导去吃一下？在成都，好吃的去处可不就是苍蝇馆子嘛，大酒店的菜有啥子意思嘛。

"我跟你说，哪个成都人都离不了苍蝇馆子。反正我是两天不吃心里就没着没落，一进那个门，丢了的魂儿就回来了。这个社会自古到今，三教九流、五行八作，你难找到啥子平等。教我说，要找平等，这些苍蝇馆子里倒有的是。管你是哪一级的领导，管你是多有钱的富豪，进了这样的馆子，大家屁股一般高、筷子一般齐，老板端上来的菜也一样好吃。所以你看呀，店门口停着宝马奔驰，也停着三轮车电动车，穿汗衫的和穿西装的就得拼桌，一碗饭民工吃得，总经理啥子的他也吃得。大家肩并肩，脚挨脚，你就吃呗，美食是王道！

"骆家辉第二次来名义上是为成都的美领馆啥子工程剪彩，其实就是挂羊头卖狗肉，谁不知道他是来给米歇尔打前站的。米歇尔计划3月份来，这不是很明显嘛。

"米歇尔来没坐我的车，她当然要坐美领馆自家的车嘛。美领馆的车到底少，她的随从没车坐，就得在外面租车嘛。

"圈定了我们公司后，美领馆的人早10来天就开始让我们演习，其实就是两件事：安检和走路线。安检，就是每次出发前都要扫描整辆车；走路线呢，就是卡你的时间——给你打电话，让你到啥子地方去，几分钟必须到，时间都卡死。他给你打电话安排的时候，只说A到哪儿哪儿去，其他啥子都不说。他就看你的水平怎么样。对我们来说，这当然没问题。还有一些小的规矩，最主要的一条就是不能多说话，最好啥子也别说，专心开车。

"我那辆车呢，一共坐了3个人。副驾驶位上坐的是翻译，后面两个是米歇尔的随从，也就是特工啦。两个人，一个高耸耸的，一个肥咚咚的，墨镜一戴，那个威风。我开得蛮小心的。怎能不小心，这已经不是我自己的事了，也不是我们公司的事了。往小里说，这是有关我们成都形象的事；往大里说，这是有关国家形象的事。你说对吧。

"我跟你讲呀，其实米歇尔他们没啥子好说的，他们前呼后拥、养尊处优的，吃个饭都得让人家先给试试菜，活到那一层，不接一点儿地气，也没啥子意思了，是不？不是有句话嘛，'阎王好敬，小鬼难缠'。这些随从就是难缠的小鬼，不过跟他们混了几天，也缠出了一些意思来。对他们，我有两个原则。第一个原则，是尊重他们。人家是客户嘛，服务行业的第一要则就是尊重客户。第二个原则呢，就是他们也得尊重我。这个就不容易了。你想，老美的优越感多强呀，轻易能把谁放在眼里？为了这个，我还跟他们有了那么一场事儿。

　　"事情是这样的。因为当时呢，美领馆那边不让我们进去停车，外租的车一律不准进去停车。停车位当然有啊，宽敞得很，可就是不让我们的车进。这我就看出来了，你服务得再好也没用，人家就是不把你当自己人。也不听你解释，你再说也不行，再说就把枪给你对上了。后来我就发脾气了，我就让翻译跟那个高特工讲，让高特工对他们领事馆讲。我说，你们这样谁还有心情为你们服务？为了这么件芝麻小事，你们就拿枪对人，犯得着吗？这是给你们办事情呀，你们还对我们这样不信任，你们有必要吗？你想你们都把我们的车安检多少遍了，还能出啥子事？用人不疑，疑人不用。你们这样就是打我们的脸嘛。不干了，老子不干了！

　　"高特工就告诉了他们老大。他们老大一头白发，脸晒得红红的，风度蛮好的，应该是领事馆的馆长吧。他就点了下头，对高特工说了一些话。翻译回来告诉我，说 OK 了，他去张罗一下。结果第二天就可以进了，他们在美领馆里面给我们安排了几个车位，我们再进去，他们啥子也不说了，还很人性化，专门给我们放了个饮水机，说大热天的，要多喝水呀。后来嘛，就都 OK 了。

　　"这你就知道了吧，有时候尊严也是要自己争取的呀。工作结束那天，那两个特工还都给我送了礼物。小费当然有啦，外国人都习惯给小费的。高的给了我300美金，肥的可能穷一点儿，只给了我100美金。他给我的时候，耸了耸肩膀，好像有点儿尴尬的样子，就又送了我一支笔。喏，你看，就是这个。去年我又拉过别的美国客人，是一对老夫妻，他们告诉我，这是美国人选举时用的笔。你想，你要去美国买这支笔，那费用可就大了，是不是？

"那对老夫妻啊，他们没跟旅行团，自己带了翻译。当时翻译就跟我讲，他们比较挑剔，要小心一些。我对他说，跟着我这老司机，你的心妥妥地放在肚子里吧。第一天我就告诉他们，你们的第一夫人我都接待过，我和美国有缘分哪。还别说，挺管用的。几天下来，他们对我那个满意哟，要是玩上个把月，说不准都拜把子啦，哈哈。他们没给我小费，我也不稀罕他们给。老年人，不容易，咱拿着心里也不舒服，是不是？

"那些特工给的小费，我没花。我在中国就花人民币嘛，花啥子美金嘛。不过，闲着没事我就会看看那些美金，其实我不爱钱，更不爱这美金。为啥子看呢？因为这些美金的意义不是美金。往大里说，这是中美人民友谊的证明呀。往小里说，他们为啥子给我小费呢？这肯定是有缘故的。你想呀，他们既然来到中国，就可以入乡随俗省了这个钱的，为啥子还要给我呢？尤其是给我300美金的那个。我起初也不明白，想了又想，想得脑壳都疼了才想通，他就是在用这个方式表达心意嘛，就是对我格外尊重的心意嘛。所以说，人必须先自重，别人才会尊重你呀。"

（摘自《读者》2018年第1期）

带着汉语的乡愁离去

艾江涛

在2019年诺贝尔文学奖公布7天后，据瑞典媒体报道，95岁的著名汉学家、瑞典学院院士马悦然于当地时间10月17日去世。很长一段时间以来，马悦然，这个来自瑞典的老头儿，以瑞典学院有资格对诺贝尔文学奖投票的18位终身院士中唯一一位精通汉语的学者身份，为中国人所熟悉。在当代作家的圈子中，马悦然则以一位中国文学热心、真性情的推荐者为人们所推崇。

当电话接通的时候，在斯德哥尔摩大学任教多年的作家万之，刚刚参加完在哥德堡举办的一个诗歌节，正在等候回斯德哥尔摩的火车。万之告诉我，因为2018年诺贝尔文学奖爆出丑闻，瑞典学院在是否起诉女院士弗罗斯滕松一事上产生分歧。在一次内部会议上，由于包括马悦然在内的多数院士同意不起诉，结果埃斯普马克、厄斯特格伦、恩隆德3位院士愤而退出诺奖投票，当年的诺贝尔文学奖因此延迟到2019年颁发。谈及这件事，万之有些感慨："马悦然这个人，有点像中国人，很讲情面。"

然而，留在万之心目中的，仍是3年前中秋节晚上和马悦然最后一晤的美好记忆："我们在斯德哥尔摩一个很漂亮的雕塑公园，松树林中，月光之下，喝酒赏月。他那年已经92岁，还能喝半瓶我带去的五粮液。"

对多数像我一样并没有见过这位老人的人来说，了解他更好的办法，或许只有读他留下的文字。在2004年出版的文集《另一种乡愁》中，80岁的马悦然追忆过往的学术人生。他所写的自己青年时期在四川调查方言期间住在一座庙宇中的情景，今天读来，依然让人有一种莫名的怅惘之感："我永远记得小和尚们每天晚上用清脆的声音高高兴兴地唱晚上仪式的头一首很忧郁的经文：'是日已过，命亦随减。如少水鱼，斯有何乐？大众当勤精进，如救头燃。但念无常，慎勿放逸。'"

与汉语结缘

马悦然与中国的缘分，与林语堂有关。1946年，在瑞典乌普萨拉大学攻读拉丁文与希腊文的他，人生规划原本是做一名高中老师。无意中读到林语堂的英文著作《生活的艺术》，马悦然对其中谈到的老子的《道德经》产生了兴趣。他找来英、法、德几个译本，发现内容差异很大，于是鼓起勇气给当时已经写出《中国音韵学研究》的瑞典著名汉学家高本汉打电话求教。初次见面，高本汉便将自己翻译但尚未出版的《道德经》借给了这个好学的年轻人。马悦然一周后还书时，高本汉问他："你为什么不来跟我学中文呢？"就这样，1946年8月底，马悦然转入斯德哥尔摩大学，跟随高本汉开始了他的汉学研究。

1948年8月，追随高本汉学习两年的马悦然，凭美国洛克菲勒基金会的奖学金，获得去中国调查四川方言的机会。此后两年，他辗转在重庆、成都、乐山和峨眉山等地，记录方言数据。初到中国的马悦然，汉语水平还停留在会读不会说的阶段。在重庆和成都待了两个月后，他学会了西南官话，可以独自调查方言。不过，他对汉语更进一步的学习是跟着报国寺一个法号为果玲的老和尚。从1949年的大年初一到8月，马悦然一直住在峨眉山最大的一所寺庙——报国寺中。

在晚年的回忆文字中，马悦然对当年那位曾在大学教过国文的老和尚充满感激："每天早饭后，老和尚到我的房间给我讲两小时的课。首先读的是'四书'，'四书'读完就念诗，《唐诗三百首》、汉朝的五言诗和乐府、魏晋南北朝的诗，他什么都教。他也想教我用毛笔写字，但是很快发现我完全缺乏书法的天赋。"

在四川的那段时间，马悦然还收获了后来伴随他终生的中文名字。1950年上半年，马悦然跟随华西协合大学中文系主任闻宥学习宋词，闻教授为他起名"马悦然"。

在回忆文字中，马悦然时不时会冒出几句四川话，像"莫得事""莫得办法"，颇为自得。山西小说家李锐告诉我，马悦然的普通话和四川话都不错，和他在一起时讲普通话，和妻子陈宁祖回四川老家时便讲四川话。

马悦然刚到成都时，曾在当时四川省教育厅厅长陈可行的家中租住过一段时间，刚刚高中毕业的陈宁祖是房东的二女儿。马悦然受邀为陈宁祖补习英语，两个人渐生情愫。不过当时马悦然已经订婚，直到1950年7月，他返回香港得知在美国的未婚妻爱上了别人，愿意和他分手后，才立即给陈可行发电报，向其二女儿求婚。不久，两个人如愿走到一起。

此后几十年，陈宁祖成为马悦然的贤内助的同时，还成了他学习中国文化的窗口，陈宁祖也出现在许多中国作家的回忆中。1996年，陈宁祖去世，万之所写的纪念文章中，还谈到她在一次闲聊后，为格非收集伯格曼电影的录像，为余华送来某个瑞典音乐家的磁带。

在四川调查方言的两年多，马悦然不仅收获了爱情，还更深地体会到传统中国的人情之美。他感慨岳父家那个不但主张放走小偷，还偷偷把对方翻墙用的梯子放回去的厨子。在一次采访中，他回忆起那时普通中国人对美的感受："我以前在四川的时候，看见峨眉山的农民总是在农忙之余，翻过一座山去看芍药花……还有一次是我正背靠着一棵大树看书，发现一个老人一边踩着大树周围的落叶，一边说'真好听啊'！"

让世界更了解中国

经历了驻华文化参赞、国外多所大学讲师等身份变化，1965年，马悦然回国创建斯德哥尔摩大学汉学系，并长期任教于此。

李锐在一篇题为《心上的秋天》的序言中写道："他把西汉典籍《春秋繁露》翻译成英文。他让同胞们和他一起分享《诗经》《楚辞》、唐诗、宋词、元曲的美妙篇章。他翻译的《水浒传》和《西游记》一版再版，到处流传。他的翻译和介绍让新文化运动以来，许多现当代杰出的中国作家和诗人引起世界的注意。我不知道还有哪个外国人像他这样无怨无悔、不辞劳苦，到处传播中国文化，到处传播中国的语言和声音。"

1986年6月的一天，李锐忽然收到一封从瑞典寄来的信。一个叫马悦然的人，声称自己在订阅的《小说月报》上看到李锐的小说集《厚土》的节选，希望获得该书的翻译授权。自此，李锐便开始了与马悦然的交往。1989年，瑞典文的系列小说集《厚土》出版后，1989年、1990年，马悦然连续两年邀请李锐到瑞典访问。1990年，两个人终于在瑞典见面。早在一年前，马悦然就告诉李锐，他邀请了瑞典学院的八九位院士，想一起去看看李锐当年插队的村子——吕梁山区邸家河村。结果由于种种原因，这一计划直到2004年才最终成行。

在邸家河村，马悦然再次感受到来自中国大地的气息。当村主任向村里一个年长的老太太介绍这位从遥远的北欧来的客人时，老太太看了他一眼说："哈，天下乌鸦一般黑。"马悦然马上明白了她的意思：无论住在什么地方，地球上的人都是一样的。

马悦然似乎偏爱那些带有泥土气息的中国作家。2012年，莫言获得诺贝尔文学奖，马悦然在接受瑞典媒体采访时说："我很高兴一个乡巴佬得奖，尤其是一个中国的乡巴佬得奖，沈从文、曹乃谦、莫言都是乡巴佬作家。我终于等到了这一天。"

绕不开的诺奖话题

1986年，在旧金山举办的国际汉学研讨会上，不少人提出中国作家从未获得过诺贝尔文学奖的问题。马悦然在发言中试图解释，翻译的质量会影响评委对作品的理解。没想到这一说法竟引起一场小小的风波，有人质问他："诺贝尔文学奖究竟是创作奖还是翻译奖？"一起参会的学者王元化看到群情激愤下马悦然发窘的样子，不禁对他有些同情。

回头来看，文学作品必然要通过翻译才能得到更大范围的传播，这本是常识。发生在30多年前的这一幕，无疑反映了中国人对诺贝尔文学奖的某种焦虑。这种焦虑，随着中国作家的得奖，得到了自然的纾解。但围绕在马悦然身上的，依然是无法绕开的诺奖话题。

谈及诺贝尔文学奖，马悦然最常说的一句话就是："诺贝尔文学奖是瑞典的18个评委评出来的一个奖项，它不是世界冠军，没那么重要。"

在中国作家得奖前，对可能得奖的中国作家，从鲁迅、林语堂到老舍、沈从文，曾有过各种各样的传言。或许是为了一次回答这些问题，2015年4月，马悦然在澳门科技馆专门做了一场题为《中国现当代文学与诺贝尔文学奖》的演讲。在演讲中，他指出，1913年选入瑞典学院的斯文·赫定很希望中国作家得到诺奖。1924年12月，斯文·赫定给高本汉写信，请他帮忙推荐一位合适的中国作家。高本汉的回信说，据他看，没有中国作家有资格得奖，但他提到一位年轻的中国朋友正在巴黎从事语言学研究，对中国当代文学很熟，也许可以帮忙介绍。这位年轻的朋友正是刘半农。后来刘半农在一次宴会上，趁机单独问鲁迅是否愿意接受诺贝尔文学奖，鲁迅拒绝了这个好意。刘半农很可能将鲁迅的回答转达给了斯文·赫定。

谈到沈从文，马悦然说："我是1985年被选进瑞典学院成为院士的，要是沈从文1988年5月没有去世的话，他肯定会获得当年的诺贝尔文学奖。这个秘密我不应当说出来，但自从我说出来以后，我的同事们非常理解我的心情。"

"马悦然非常喜欢道家。他不喜欢儒家，比如《论语》，他都不翻译。"万之回忆。马悦然不但重新翻译了《道德经》，大概从85岁之后开始翻译《庄子》。去世前几年，他仍将大量精力花在《庄子》的翻译上，据说，他在骨折以后，看到《庄子》，腿就不疼了。

始于《道德经》，终于《庄子》，马悦然带走对汉语的最后一缕乡愁，从此不用再回答有关诺奖的各种问题了。

（摘自《读者》2020年第1期）

重新认识白求恩

陶短房

很多中国人是因为知道白求恩，才知道加拿大的，但加拿大人并没有我们那么熟悉这个"国际主义战士"。而近10年来，加拿大人和中国人似乎都开始重新认识诺尔曼·白求恩，这个既熟悉又陌生的名字。

中国人惊讶地发现，原来上过"老三篇"的"白大夫"竟曾是个"问题青年"，其50多年的生涯充满了复杂的色彩；而酷爱以数据、资料说服人的加拿大人则开始刨根问底，他们惊讶地发现，白求恩对加拿大当代社会竟产生过如此大、如此多的影响——而这一切居然同样被他的同胞疏忽和遗忘了。

正如白求恩铜像在其故居落成时，时任加拿大总督的伍冰枝所言，白求恩是个"需要被今天的人们重新认识"的历史人物，中国人如此，加拿大人也是如此。

"到人民中间去"

我们曾盛赞白求恩是个"国际主义者"，而在加拿大，这并非一个没有争议的术语。不久前，加拿大联邦政府批准动用联邦资金250万加元，资助修建白求恩故居游客服务中心，引发保守派联邦议员罗布·安德斯的强烈反对，反对意见之一，就是认为"国际主义"是对加拿大的不敬。

事实上近年来，越来越多的加拿大人在辩客们的争辩声中发现，白求恩其实是个不折不扣的爱国主义者。

1911年，年仅21岁的白求恩宣布休学一年，作为一名"边疆学院"的志愿者，前往北部人迹罕至、大半年被冰雪覆盖的伐木者和采矿者营地，为这些人提供教育服务。当年参加这类组织的，几乎都是"爱国青年"和虔诚的教徒。

3年后，一战爆发，白求恩再次宣布休学，加入加拿大第二师医疗队，从事欧洲战场外科救护，并因抬担架在战场受伤。他是整个多伦多第10名入伍的志愿兵，在当时曾被当做"爱国青年"的典范宣扬。

然而，一本后人撰写的白求恩传记称，白求恩在一战后感到十分迷惘，战争结束了，他却不知该归向何处，年轻时他只熟悉加拿大，成年后又只熟悉欧洲，而欧洲此时正处在无政府主义、幻灭主义等思潮泛滥的迷惘年代。

不久，他到美国底特律挂牌行医，由于医术精湛而名声大噪，却同时日益强烈地滋生了一种烦恼。1934年，他对妻子弗朗西斯说，医学"已走进死胡同"，因为原本应服务于全体人民健康的事业，如今却成为需要"随行就市的商品"，只有有钱人才能享受。他表示，自己要放弃名医所享有的一切，"到人民中间去"，并呼吁改变整个医疗制度，建立覆盖全民的福利医疗。

他并非仅仅这样想，而是直接这样做。他跑到蒙特利尔失业者协会的办公室，宣布免费为穷人治病，正是通过这一渠道，他接触了共产主义者团体，并在1935年夏获得去苏联列宁格勒参加国际生理学大会的机会。

白求恩后来组织了上百名志同道合的医务和社会工作者，组成"蒙特利尔人民保健会"，并在1936年7月发布致魁北克省政府的宣言，提议在全省范围内推行"适用于全体工资劳动者的强制健保体系"，失业者则由政府提供义务医疗，费用全免。这是全加拿大首份系统提倡全民医保的纲领性文件。

在这一时期，他加入了加拿大共产党，不久，一个证明他是"国际主义者"的机会到来了：西班牙内战爆发，"援助民主西班牙委员会"的总部正设在加拿大多伦多，他们派员邀请白求恩去西班牙参战。但西班牙共和派在战场上的失利和西班牙内战的残酷，让白求恩饱受创伤。

1937年，他受加拿大劳工进步党和美国共产党委派，通过宋庆龄"保卫中国同盟"渠道，于1938年1月23日飞抵当时尚未陷落的抗战大本营汉口。2月22日，他离开汉口奔赴延安，后转赴晋察冀边区，开始了一段中国人非常熟悉而加拿大人非常陌生的新生活。

从那时起，直到1939年11月12日去世，白求恩都充分表现出一个国际主义者的姿态：他和毛泽东交谈、通信，向聂荣臻提出各种专业性建议，他的临终遗言，除了要求聂荣臻给加拿大劳工进步党总书记蒂姆·布克和美国共产党负责人白劳德写信，告诉他们自己"一切都很快乐"和"唯一希望是多做贡献"外，特别提到的是希望每年购买250磅奎宁和300磅铁剂，以便治疗疟疾患者和贫血患者。

从浪子到"纯粹的人"

许多记载都称，白求恩在青年时代作风不羁，尤其在一战结束后的一段时间里，他在欧洲迷失自我，放浪形骸，曾吸食大麻，并沉湎于酒精。

但令人奇怪的是，对于陌生人或病人，他的态度却总是既亲切又庄严。

他的妻子弗朗西斯是个注重生活和家庭情趣的人，而白求恩多才多艺，风度翩翩，正因为此，她当初才为之倾倒。但婚后白求恩沉湎于工作，复婚后更将热情倾注于"做穷人的医生"和推动建立全民医保方面，而对于这些，弗朗西斯并不能理解，她曾多次坦言，不明白白求恩何以对这一切着迷。在这种情况下，两个不再能互相欣赏的人，自然难以继续共同生活下去。

不知是西班牙的血还是日寇的暴行唤醒了他，总之他自踏上中国土地后，所有和浪子沾边的记录都消失了，他成了一个严于律己，没有不良嗜好，主动拒绝特殊照顾的"纯粹的人"。曾经"崇尚奢华"的他不仅拒绝了汉口医疗部门的挽留，也谢绝了要他留在延安或五台山的好意，甚至因有人好心挽留他在延安工作而把一张椅子扔出窗户，最终他踏上了冀中前线，并在那里以"完人"的形象以身殉职。

白求恩具有音乐、美术、文学等多方面的才能。1935年秋他曾在蒙特利尔举办过个人画展，并获得当地艺术家的好评；1937年7月，他在西班牙前线写的诗《今晚的月色同样皎洁》发表在《加拿大论坛》杂志，这首诗脍炙人口，流传一时，成为他最具知名度的作品。在中国抗日前线，他还在工作之余创作长篇小说，可惜未及完成便殉职了。

加拿大，唤醒的记忆

加拿大是最早和中华人民共和国进行外交接触和建交谈判的西方国家之一。当1973年加拿大总理特鲁多访问中国时，重新关注中国大陆的加拿大人惊讶地发现，有个同胞在中国具有极高的声望，自己却对此人一无所知，便产生了刨根问底的冲动。

就在这一年，加拿大联邦政府购买了白求恩出生的故居，并将之建成白求恩纪念馆，于1976年正式对外开放。在探究和争执中，加拿大人开始逐渐重新认识了白求恩，知道他不仅是西班牙和中国抗日民众心目中的英雄，也为加拿大社会的发展、完善做出了不可磨灭的贡献。

随着白求恩在加拿大的事迹的轮廓逐渐清晰，有关他的纪念物也开始多起来，约克大学白求恩学院、安大略省士嘉堡白求恩中学相继成立。1990年3月，白求恩百年诞辰，加拿大和中国邮政同时发行了设计完全相同的纪念邮票。在白求恩曾长期生活的蒙特利尔，一座纪念雕像如今挺立在公共广场上。

公共医保和社会福利制度是当今加拿大引以为豪的制度，2004年加拿大广播公司评选过"史上最伟大加拿大人"，排名第一的是"加拿大医保之父"汤米·道格拉斯，同样对全民医保做出推动贡献的白求恩排名第26，恰位列著名歌星席琳·迪翁之前。

当时适逢经济危机，许多民众重陷失业和困苦，加拿大人曾引以为傲的福利医疗体系也面临巨大的财政压力和效率威胁。此时此刻，人们更多地怀念白求恩这位毕生致力于将医疗保障提供给穷人的医生，便是再正常不过的了。现在许多加拿大人和中国人已开始重新认识诺尔曼·白求恩，而且首先将他当做一个加拿大人、一个医学工作者和社会活动家，而非一个抱有某种信仰的政治人物。

（摘自《读者》2013年第11期）

草莓的滋味

李云雷

1

那时候在我们那里，草莓是很稀罕的水果。我第一次见到草莓，是在我的好朋友高振兴家里。

高振兴家距我家大约三十里路。那年暑假，我骑自行车到他家里去找他。

我和高振兴在县城读书，刚上初中的时候，来自乡村的我们都有些不适应。城里同学的眼界比我们开阔，性格比我们活泼，衣服也比我们的漂亮，这让我们有点儿自卑。我们刚进城，总感觉这不是我们的世界。

那时候我不住校，高振兴住在学校里，每天早上6点他都起床跑步，跑完步才去食堂吃早饭。他跟我说，他每天坚持跑步，既锻炼身体，又磨炼意志。他说人活一辈子，要做一件大事，现在就应该做准备，好好锻炼自己、充实自己，将来好承担起自己的使命。我问他要承担什么使命，他说："咱们国家还没有实现四个现代化，各方面都很缺人才，咱们这一代人要让中国走向富强。"高振兴跟我谈了好多，让我看到了另一个世界。

骑行在路上，微风轻轻吹来，我感到很惬意。我想象着我们见面之后快意谈笑的样子，不知不觉走了很远，终于到了高振兴家。"谁呀？"高振兴从屋里走出来，手上还抓着一本书，一看到我，他又惊又喜，脸上像绽开了花朵，高声说："你怎么来了？"他将我拉到他住的西厢房。他的房间很小，屋里还堆放着各种农具和杂物，西边靠窗的位置有一张床，床边是一张桌子，桌上摆着一些书。这时，金色的阳光洒进来，屋子里亮堂堂的。我们坐着说了一会儿话，高振兴突然起身出去，等他回来的时候，手里端着一个篮子，对我说："来，快尝尝这个！"我看着篮子里红白交叠的小小水果，好奇地问他："这是什么？""这是草莓，我们家种的，你尝一尝。"我拿起一颗草莓，仔细看着。这是我第一次见到草莓，红红的心形，上面有一些白色的小斑点，底部是青色的蒂。我凝视着这陌生的水果，感觉有点儿奇怪。"快吃吧！"高振兴又劝我。我把草莓轻轻放入口中，感觉有点儿酸，有点儿甜，又有点儿涩，那是一种特别清爽的味道。

2

那天晚上，我跟高振兴住在一起，我们彻夜长谈。高振兴跟我讲起他心底的秘密，他偷偷喜欢上了一个女生。那时候我们那地方风气极为保守，学校的管理也很严格，男女学生之间萌发了情愫，只能当作最重要的秘密，深深地埋在心底。高振兴将这么重要的秘密告诉我，这让我既感动，又兴奋。我问他喜欢的是谁，是什么时候喜欢上的。这时高振兴变得严肃起来，他皱着眉头，很长时间不说话。犹豫了很久，他才跟我说了一个女孩的名字，那个女孩我也认识，就是我们班的小竹。

高振兴说，他最初对小竹有印象，是在文化站。他周末常去文化站读书看报，阅览室在二楼，他总坐在窗前读书。有一次，他偶然抬起头，看到一个女孩骑着自行车，从远处飘然而至，转了一个弯，进了旁边的家属院。他看着她翩然而去的背影，一下子就被迷住了。他隐约觉得这个女孩很眼熟，后来才想起，原来是我们班的小竹。

他记得，小竹在班上总是安安静静的，很少说话，但在一次班级元旦晚会上，她让我们看到了她的才华。那天晚上，我们班里所有人都要表演节目，还分成两组进行比赛。小竹本来不想表演，但推辞不过，只好上台唱了一首歌。她唱的是《像雾像雨又像风》，这是当时很流行的一首歌，她的歌声细腻动人，征服了班里所有同学。

高振兴还记得，有一天他在文化站看报，天上突然下起大雨，雨点啪啪地敲打着他面前的玻璃窗，他很担心小竹，不知道她是否还在外面。他走到一楼的屋檐下，看雨下得渐渐小了，正要向外走，突然迎面来了一辆自行车，骑车的正是小竹。他一下子愣在那里，怔怔地望着她。小竹的裙子没被淋湿，但是头发有点儿乱，像在哪里避过雨。小竹在高振兴面前停下，问道："下雨了，你没带伞？"高振兴笑了笑，说："雨小了，没事儿。"小竹好奇地问："你怎么会在这里？"高振兴指了指二楼，说："我到这里看一会儿书。"小竹点点头，又说："你等一下，我回家给你拿把伞。"高振兴笑着说："不用了，这会儿雨也停了。"说着他朝小竹挥挥手，迈开步子走了出去，等他走出文化站那两扇锈迹斑斑的大门时，回头一看，小竹还推着自行车站在那里。

那天晚上，高振兴向我诉说了他对小竹的思念，但他也很忧伤，不知道该怎么面对这莫名的情愫。在那种保守的风气中，他不知道要不要向小竹表白，还有，小竹是一个城里的女孩，而他是一个来自乡村的男孩，城乡之间的巨大差距，让自尊心极强的他难以开口，他怕遭到拒绝。在这个深夜，我听到了高振兴内心最深处的声音，这让我既惊讶又意外。他所说的话，改变了我对他的印象。在我的印象中，高振兴是一个胸怀远方的有志青年，他在不断地磨炼自己，将来一定会成为国家栋梁。但这个深夜的一番话，让我看到一个我不太熟悉的他，那是一个内在的他，充满了忧郁与浪漫色彩。高振兴问我该怎么办，我也不知道，只能同情地看着他。

3

第二天一大早，我就向高振兴道别，说我要回家了。高振兴很诧异，极力挽留我。我跟他说，突然想起家里有一件急事，必须赶回去。高振兴流露出很失望的神情，有点儿手足无措。最后他说去送送我，并带我去他家的草莓地，看看草莓。

我跟他走到村东那块地里，那时候正是草莓成熟的季节，可以看到一株株草莓立在田垄上，绿叶葳蕤，叶子上洒满清晨的露珠，刚长出来的草莓隐藏在叶丛中，阳光照过来，像一颗颗宝石。高振兴将一篮草莓搁在我的车筐里，让我带回家，我推辞了一番，推不掉，只好接受。

告别高振兴，我骑车走在路上，前面的路像一条向远方延展的带子，闪着灰色的光。路两边的树木站立着，显得有些肃静。这时候天慢慢阴了下来，从西南方涌来大片乌云，随着风迅速地向这边翻滚。我想一场雨是不可避免的了，脚下用力蹬起来，车子向前奔驰，我的心也越发乱了。是的，我并没有什么急事，只是想找个借口离开。高振兴，他昨天晚上的话扰乱了我的心，让我很纠结，因为我和他一样，也在默默地喜欢小竹。当我听他谈起对小竹的情感和思念时，我的心中满是酸涩。

那时候小竹坐在我的前排，她扎一条马尾辫，眼睛又黑又亮，上课时她的辫子总是晃来晃去，有时她还会转过头来跟我说话。我感觉我有点儿喜欢小竹了，那是一种很朦胧且新奇的情感，像丝瓜的藤蔓，嫩嫩的、软软的，想抓住什么，却什么都抓不住，风一吹，便只能在空中摇摆。

对小竹的喜欢让我改变了很多。我开始在意自己的衣着打扮，也为自己贫寒的家境感到羞愧。我不知道自己的改变是否引起了小竹的注意，但我感觉她似乎与我有了一点儿默契、一点儿交流。在教室里，当我们的眼神偶然相遇时，在她刻意躲闪的慌乱中，我能感受到她想掩饰什么。就在这个时候，发生了一件对我来说很重要的事情。

那天晚上，下了晚自习，看到小竹走出教室，我赶紧收拾好书包追了出去。到了存放自行车的地方，我看到小竹在不远处，便低下头去开锁。这时候我突然感到一丝异样，猛一抬头，看见小竹推着自行车径直向我走来。走到我身边，她停了下来，黑暗中她的眼睛闪着光，那么大胆，又那么羞涩。她拿着一样东西，匆匆往我手里一塞，什么都没说。转身骑上自行车，飞快地离开了。我一下子愣在那里，不知道发生了什么，借若微弱的星光，我看到我手里拿着一封信，信封里的信纸沉甸甸的。我突然反应过来，内心不禁涌起一阵狂喜，原来是这样啊，当我喜欢她的时候，她也喜欢我！我颤抖着将那封信放在贴身的衣兜里，赶紧去开锁，慌乱中竟然插不进钥匙。好不容易骑上自行车，等我追到校门口的时候，已经看不到小竹了。我放慢车速，竭力让自己激动的心情平静下来。此时，四下里分外安静，我看到一轮明月悬挂在夜空中，清辉遍地。

4

是的，这是一个美好的故事，也是一个美妙的想象。当你读到这里时，就会明白，当我听到高振兴的心声时，我心里头是多么矛盾与纠结。在那个时候，我真想成为他，这并非出自同情，而是因为我真心喜爱这个兄弟，我不想失去他，也因为那时的我们并不是真的懂爱情，我们只是朦胧地感受到新奇与吸引，爱情与友情的界限并没有那么分明。那么就让我们在这里结束吧：我骑车从高振兴家出来，一路上乌云密布，很快就要下雨，我骑车疾驰在那条路上，内心翻滚着复杂的情感，一会儿是与小竹的甜蜜，一会儿是对高振兴的愧疚。这时候一场大雨从天而降，我在大雨中奋力蹬着自行车。看到新鲜的草莓在车筐中一跳一跳的，我拈了一颗放在嘴里，酸酸的、甜甜的，那种奇妙的感觉在我身上弥漫……我宁愿故事在这里结束，但是……但是，现在让我们想象另一个结尾吧，就当它不是真的。让我们回到那天晚上，那个存车场。

我正低下头开锁，忽然感觉有点儿异样，一抬头，看见小竹推着自行车向我走来。她在我身边停下，黑暗中她的眼睛闪着光，那么羞涩，又那么大胆。她拿着一样东西，匆匆往我手里一塞，转身骑上自行车，飞快地离开了。在她转身之前，我听到她低声说了一句："帮我把这个带给高振兴，好吗？"

是的，这是一个悲伤的故事，现在你知道了，那个暑假我去找高振兴，并不是因为耐不住寂寞，也不是要去吃草莓。我骑行在路上，随身带着那封信，一路上都在想要不要把信给他。那天晚上，当我听到高振兴的倾诉时，内心的恶劣情绪越来越高涨，当他提到小竹的名字时，我不禁浑身发颤，我没想到他跟我喜欢的是同一个女孩。随着他的讲述，我脑海中闪现着他和小竹在文化站相遇的画面，小竹在元旦晚会上的歌声：

我对你的心你永远不明了我给你的爱却总是在煎熬……

你对我像雾像雨又像风来来去去只留下一场空

我极力忍住对他的憎恨与厌恶，也暗下决心，我绝不能将那封信交给他，即使为此我成了卑鄙小人，那又如何？第二天清晨，离开高振兴家之后，我一个人骑行在路上。在瓢泼大雨中，我终于下定决心。我将自行车停在一棵大树下，将那封信撕得粉碎，和那篮草莓一起，深深地掩埋在泥土中。大雨仍在哗哗地下，我在那里站了一会儿，骑上自行车，慢慢走远了。

这不是一个美好的结局。那时候我还比较单纯，似乎做不出这种事，但也不是没有可能，人性的复杂有时会超出我们的意料。不过就让我们当这是假的，让它停留在我的想象中，解解心里的怨气吧。现在，我要讲第三个结尾。

那天晚上，当我听到高振兴的倾诉时，内心烦闷而纠结。不知道该不该将那封信拿出来给他。夜深人静的时候，高振兴已经沉沉睡去，我却辗转反侧，内心犹豫不定。那时，我真想成为他，是啊，一个男孩喜欢一个女孩，那个女孩也喜欢他，这是人世间多么美妙的事情，而我不应该成为其中的障碍。他和她，一个是我最好的朋友，一个是我心爱的女孩，我不忍心让他们中的任何一个受到伤害。那么就让他们相爱吧，就让我远远地离开他们吧。在暗夜中，我终于做了这个艰难的决定。

第二天一早，我就跟高振兴说要离开，他很诧异，一再挽留，但我的态度很坚决，他不知道我的内心经历了什么，我想我快要支撑不住了。高振兴一直热情地将我送到草莓地，送到村口，又送到小桥。他昨晚倾吐了心声，现在心情很轻松。

我们终于挥手告别了。我想当他回到家中，在床边桌子上发现压在书下的那封信时，内心一定充满喜悦，也充满诧异。我想在那一瞬间，他一定幸福极了。而我呢，我在向东的路上一路飞奔，这时候乌云从西南方翻涌过来，狂风大作，吹得白杨树哗哗直响，田野里的玉米低下去，低下去，再低下去。忽然大雨从空中落下，重重地打在我身上，啪啪直响。我也管不了那么多了，只一心向前骑着，那条路变得越来越湿滑、泥泞，我的眼前也变得越来越模糊，分不清是雨还是泪。不知道在风雨中狂奔了多久，突然，我摔倒在地，腿被车子压住，一时挣不脱，从脚踝那里传来隐隐的痛。我想爬起来，刚直起身子又摔倒在地。我趴在路上的一个水洼里，终于安静下来。这时候，我感觉整个宇宙都压在我的身上，我什么都看不见，只看到一颗草莓从车筐里滚出来，在地上滚动着，慢慢停下来。在滂沱大雨中，那颗草莓是那么红，那么美。

（摘自《读者》2022年第6期）

味蕾的记忆

丁 帆

　　人在不同时空中，对食物的感觉是截然不同的，所谓"食不厌精，脍不厌细"，是物质需求得到了极大满足以后的奢侈需求。味蕾的记忆往往是喜新厌旧的，一种制作再精细的美食，如果成为你每天的家常便饭，你也会厌倦的，味蕾追求的是"异味"，而非"同味"。但是，它有时也是会"喜旧厌新"的，因为在特殊环境中吃到的食物会给味蕾打上深深的特殊印记。

　　也许，当你第一次进入豪华餐厅时，尝到制作精细的菜肴使你感到震撼，或许，那种奢华的仪式感和高档的礼节服务，让你忘却了味蕾的记忆，记住的只是空间对你的压迫。反之，你在那种"苍蝇馆子"里偶尔吃到的某种味道特别的菜肴面点，反而能让你终生难忘。所以，味蕾的记忆往往是对食物"异味"的猎取，而非对场合与仪式的关注。

最深刻的味蕾记忆就是我16岁下乡插队时几次反差极大的"猎食"行为。

我把从南京带去的香肚蒸熟以后，请端着饭碗"跑饭"的邻居们品尝，他们竟然吃不出来这是用何种原料做成的食物，只是惊讶"世界上竟有这么好吃的东西"！他们一生在粗茶淡饭中度过，没有见识过"食不厌精，脍不厌细"的烹饪制作，他们往往会像阿Q一样想象城里食物的"异味"，哪怕是去集镇上吃一盘炒肉丝，都感叹厨师的手艺精湛，因为那是截然不同的风味。城里的食物不仅是炫耀的资本，同时也是一种味蕾游历的奇妙感觉，这就是乡下人眼中的"城乡差别"。而当一个"城里人"品尝到乡下原始风貌的食物时，他的味蕾记忆也会产生一种永恒的定格。

大麦黄了的时候，当我第一次尝到元麦（大麦的一种）粉调制的面糊糊时，我惊讶当地农民为什么将它当作"壮猪"的饲料。那种特别的异香在我的齿间游荡了好几天，以至于几十年来始终念念不忘。一手端着一碗稀溜溜的元麦糊糊，一手抓着馒头或卷饼，就着小鱼熬咸菜或大头菜丝，这种粗粝的乡村美食便成为苏北平原留在我的味蕾上的永恒记忆。何谓"相思"，何谓"乡思"？或许味蕾上的记忆胜过万千言语的抒情。

秋收季节，第一次尝到用新米"农垦58"熬的大米粥，那股清香留在我16岁的味蕾记忆里，挥之不去。我无法形容那种留在齿间的"天物"味道，为了天天都能吃到"新米"的味道，我用知青下乡第一年由粮管所供应的粮食——陈年中熟米——与乡亲们兑换"新大米"，就有邻人说我傻。因为"新大米"水分大，且出饭率极低，当时对饥饿的农民来说，吃饱饭才是人生第一位的大事，"新大米"固然好吃，但好吃能扛饿吗？这或许也是另一种眼光里的"城乡差别"。自从离开农村，就再也品尝不到那种"新米"的味道了。虽然现在物流非常发达，"新大米"源源不断地流到人们的饭桌上，但是，过去那种"新大米"的异香再也找不回来了，是品种出了问题，还是味蕾记忆出了差错？我不得而知。在时间的年轮里，我寻找昔日的"乡思"与"相思"；在广袤的空间中，我在寻觅城与乡的坐标——味蕾的记忆在时空交错中变幻莫测，是食物基因发生了突变，还是人对自然的感知渐渐迟钝？

近20年来，人们从对美食的餍足中爬将出来，去寻找昔日农家菜的口味，却很难有所斩获，就是因为人们难以理解美食的哲理是人与生存环境的辩证关系。

我插队的地方是作家胡石言笔下的宝应水乡，一曲《九九艳阳天》就会将我们带入那个酸甜苦辣俱全的火红年代。

慈姑是宝应水乡闻名遐迩的水产品，如今用那种面面的小慈姑与五花肉红烧，其油汁卤水穿过慈姑的表层结构，直达慈姑肌理，让许多城里人得出了肉不如慈姑好吃的结论。殊不知，当年的慈姑是人们用来度春荒的主食，每天炜上小半锅无油寡味的清水慈姑，让伢子们吃得怨声载道，嗳出的都是慈姑的酸味，即便是无污染的食材，它在你的味蕾上留下的记忆也是苦涩的。

不要以为水乡的农民没有肉吃就可以天天吃鱼，其实，除了娶亲和节日待客，他们平时是不吃鱼虾的，尤其是螃蟹，更无人问津，因为腥而无肉。平时不吃鱼虾，一是因为鱼虾需要用热油去腥，非一般人家享用得起；二是逮到大鱼就卖掉，给那些有油的人家去享用，于己而言，也算是赚一笔补贴家用的不菲外快。只有剩下的小鱼小虾，人们才会拿回家与大咸菜一起熬制，那样咸菜就会变得酥烂，如果加入适量的油，起锅时再撒上一把蒜苗，那一定是下饭就粥的上好小菜。那时当地流行的一句烹饪诀窍就是"油多不坏菜"，然而，谁家有油呢？那个年代，用油量的大小是衡量一个家庭贫富的试金石。

由这道菜衍生出来的另一道水乡不上台盘的"鲫鱼烧咸菜",便永远留在我的味蕾记忆中,也成为我食谱里的家常菜。将鲫鱼用油煸至焦黄起泡后红烧入味,再倒入煸炒好的大咸菜或雪里蕻,烀熟后,用大碗盛好,在寒冷的天气下将它冻起来,鱼和咸菜,美味可兼得也!及至今日,我偶尔还会下厨去重温昔日味蕾留下的那份记忆。

也许,人类的饮食在进化过程中,逐渐被阶梯式的"差序格局"所包围。在不同的时空里,饮食者究竟是在吃文化,还是在满足本能的需求,这的确是一个关乎生存哲学的问题。

(摘自《读者》2022年第2期)

在美国卖古董

盛 林

破钢琴难卖

我妈和我姐要来美国，丈夫菲里普特地买了台新冰箱。冰箱进门后没地方放，我们俩看来看去，看到那架破钢琴。钢琴的位置很好，正好可以摆一台新冰箱。

新冰箱安营扎寨了，破钢琴怎么办？菲里普说："卖，500块钱卖掉。"

这架钢琴虽然不中用，却是家里最像古董的古董。于是，我们跑去古董店兜售我们的钢琴。没想到，跑一家失败一家。

跑到最后一家古董店，店主一听我们要卖钢琴，就摆出一张苦瓜脸，领我们到一架钢琴前，郁闷地说："这架钢琴卖50块，卖了4年没人要。"

菲里普一咬牙："这样吧，我们的钢琴不要钱，送给你吧，你帮我运走就行。"

那店主瞪大眼睛："运费就要80块呢，要不，这台我免费送给你，你运走。"

他这话一出口，菲里普拉上我就跑。

我真是没想到，美丽高雅的钢琴白送都没人要。怎么办呢，钢琴还堵在家里，卖不掉也送不掉。我妈和我姐快要到了，菲里普只好把钢琴挂到网上，讲清楚是白送的。"送"了好几天，无人问津。我灵机一动，说卖100块钱吧，白送没人要，卖100块钱，说不定有人要呢。

这个办法果然很灵，不到3天，有人打电话来了，这个人名叫杰西。

杰西说，他想要这架钢琴，不过他没钱，能不能用相当于100块钱的古董换。他的古董是一只旧电锯。

菲里普当即答应。他很高兴，钢琴有人要了还多了一件古董。

那天，杰西来拿钢琴，他一到就开始拆钢琴。菲里普很奇怪，问他为什么把钢琴拆了，杰西说，整个钢琴对他来说是没有用的，他要的是钢琴的零件，零件越旧越好。比如，这架1900年的钢琴，木头很考究，拆下来加工成砧板，卖100块钱一块，这架钢琴的木板至少能做10块砧板。琴键也是好东西，镶在表面的是象牙，取下来可以做首饰，比如项链、手链、耳环。

杰西乐滋滋地说："现在呀，这样的真象牙首饰去哪儿都找不到。"

我问他："杰西，你怎么知道这是真象牙呢？"

他神气活现地说："1900年以前的钢琴用的全是真象牙，之后的就难说了。我只收1900年以前的钢琴。"

菲里普也问了句："杰西，你怎么知道这是1900年的钢琴？"

杰西说：“琴的挡板后面烙着'1900'字样，看不见，得用手摸。这是老钢琴的特性，也是懂行人的秘密。”菲里普不信，打开手电，果然看到杰西说的那个地方清清楚楚地烙着“1900”。

杰西开心地说：“这样的钢琴，10来年没遇到过了，谢谢你们。”

杰西继续拆，拆得神采飞扬。我的肠子都悔青了，但后悔已来不及。

不过杰西还算爽快，临走时给我们留下一条带象牙的琴键，对菲里普说：“给你老婆做个项链吧。”当然，他没忘记他的承诺，把一只破电锯送给菲里普，然后开车载着一车珍贵的碎片走了。菲里普抱着电锯，待了很长时间，咬牙切齿地说：“林，我们去古董店把那架放了4年的钢琴买回来。”

我们最终还是没去古董店，因为我们想通了，要那么多砧板和象牙首饰干吗？它们又不能吃。卖掉？我们要那么多钱干吗？死了又带不走，省省力吧。

我的画成了古董

杰妮在镇上开了一家咖啡店和一家古董店。我和杰妮是在我的画展上认识的。

有一天，杰妮打电话来，说：“林，我想在我的古董店卖你的画，卖掉一张，你付我10%的佣金就行。”天哪，我要卖画啦，不是在做梦吧？

奇怪的是，为什么杰妮要把我的画挂在古董店卖，而不挂在咖啡店卖？菲里普是这样推理的：古董店只卖古董，中国是个古国，中国画就是古画，古画放在古董店卖，没有比这更顺理成章、天经地义的了。

我不知道杰妮是不是这样想的，我觉得菲里普的推理很有道理，古董店卖中国画就是卖古董，那么，我的画就是古董。这是一件很严肃的事，一不小心，我成了炮制古董的人。

好，卖古董。说干就干，我们夫妻一起把画运到杰妮的古董店。

我的画中有花鸟虫鱼，也有古代美女。说实话，我没学过仕女图，我画的美女全是自己看书学、上网学，瞎胡闹学来的，所以，画出来三分像人七分像鬼，应该叫"鬼美人"。反正我的房间是不敢挂的，全送给菲里普，他拿去挂在办公室了。

画挂进古董店后没几天，杰妮打电话来了，说画卖掉了两张，每张150块，共300块，快来拿钱。我和菲里普冲进杰妮的古董店，瞪眼一看，卖掉的是两张"鬼美人"。

仔细想想，买我画的人很奇怪，我挂了那么多画，他咋就喜欢"鬼美人"。然而，奇怪的事发生了——后来，我把画挂到咖啡店、理发店、汉堡店，卖掉的一律是"鬼美人"。

我认真涂出来的荷叶，再怎么着也是拜师学过的，是我"涂鸦"中涂得最好看的，怎么就没人买？菲里普是这样安慰我的："亲爱的，我认为你的画都很好。当然，如果你在墨团上多加点红红绿绿蓝蓝，一定会全卖掉。"他称我的水墨画是墨团。

我终于明白了，美国人喜欢红红绿绿蓝蓝，我画的"鬼美人"全是红红绿绿蓝蓝的。难怪我的水墨画，不，我的墨团没人喜欢，谁花钱来买墨团呀。关键是，中国画中的美女都是古代美女，古代美女就是古董，人家是冲着古董来的。

我画古董，还贩古董，我这个古董贩子，牛吧？

（摘自《读者》2020年第3期）

想飞的男人

申赋渔

巴黎封城之前，我囤积了一批水饺。昨天雅克给我打电话时，我顺口说可以给他一些。他的反应很灵敏，立即问我："你确定吗？"然后今天就开车来取了。

雅克对中国的爱简直有点儿疯狂，学了好些年的汉语，越挫越勇。几年前，我在巴黎南戴尔大学做了一次有关中国文化的讲座，当时他跟我互加了微信好友，之后隔上十天半个月就跟我联络一下。有时发一句莫名其妙的格言，问我是孔子说的还是老子说的；有时发一句似是而非的诗，问我是唐诗还是宋词；后来他迷上了"道"，经常跑到深山老林里去打坐。

我们联系中断是在去年9月。他一下子就消失了。我待人一向不是特别热络，过了两个月才想起问候他一声："最近好吗？"一般来说，对方会回信说："挺好的，你怎么样？"这样就又可以恢复联系。可雅克很快就给我回复："不怎么好。"

雅克在法国道达尔公司做高管，酷爱飞行，几乎每周都要上天一趟。他已经飞了22年。去年9月，飞行俱乐部新到了一种新型小飞机，建议他试一试。雅克上天只有3秒钟，就一头栽下来，在医院20天后才醒过来。他说，怎么登机，怎么操作，怎么摔落，一直到醒过来的这段时间，他都已记不得。不过之前的记忆全在。

现在他已经出院了，在家中休养。"身体恢复得怎么样？""还不错。让我难受的是腿受伤了，这会妨碍我运动和长途旅行。我必须赶快进行锻炼。""锻炼不着急。出了这么大的事故，能这样已经很幸运了。"我安慰他。

"我过几天就去中国了，这是很早就跟朋友订好的旅行计划。不能告诉我的医生，他会阻止我。"

我对法国人的许多做法都很无语。有人去年刚刚在滑雪场摔断了胳膊，今年又兴致勃勃地登上雪山，有人腿上还打着石膏，但摇着轮椅就在滚球场上扔起了铁球。现在巴黎封城，人们还是会不停地出门跑步、遛狗。他们认为运动对狗也一样重要。欧洲人大概都这样。昨天我短暂出去了一趟，发现外面全是跑步的人，我怎么躲也躲不掉。好像谁都不在乎疫情正在张开的黑色翅膀。旅行和运动，比他们的性命还重要。

雅克回巴黎后告诉我，中国之行太棒了。今年春天，他要在法国接待他的中国朋友。他说他刚刚考了新的驾照，这样就可以带他们从法国一直开车到东欧。

"你为什么要重新考驾照？"

"不是跟你说我的腿受伤了嘛，考个残疾人驾照，我就可以享受停车的便利了。"雅克笑着说。

对雅克这样的法国人，我有太多不理解。不过巴黎停车是太难了。有时看到空着的残疾人车位我也想悄悄停一下，可是看到牌子上写着："如果你要停在这里，那请你把我的残疾也一起带走。"我头皮一阵发麻，只得掉头就走。难道雅克就没有心理障碍吗？

巴黎封城后，雅克跟我的联系就更频繁了。一会儿问我中国的疫苗研制出来了没有，一会儿又问中国用的是什么特效药。当然，大部分时间他都在抱怨法国政府如何动作迟缓，官员怎样愚蠢无能，民众如何自由散漫。他也说他被禁足在家的日常生活，说他在阳台上给鸟儿建了一个食堂。"每天都有不同的鸟儿来吃，我的生意很兴隆。"

昨天雅克给我打电话，一向快快活活的他突然发了脾气："天天晚上8点钟在阳台上拍手有什么用？我们缺口罩，所有人都缺口罩，好好想想办法吧！"雅克把母亲的缝纫机搬出来，开始做口罩："我一天能做二十几个呢。"

雅克把自制的口罩送给附近的邻居、扫地的清洁工、送快递的投递员，还有他的家庭医生。"我多了一条出门的理由。"雅克笑着说，"我在出门许可单下面写上一条：送口罩。如果警察拦住我，我正好把口罩给他。"

巴黎警察一定不会难为他。昨天晚上，法国内政部把应该给警察的FFP2口罩给了医护人员。警察工会愤怒地警告内政部说："如果再没有口罩，警察们将暂停戒严检查。"

雅克把车停在路边，坐在巷口梨树底下的长椅上等我。我把水饺给他，他给了我几只自己做的口罩。为了安全，我们相隔很远，东西放在椅子上自取。几只口罩的布料都不一样，灰的、白的、红的、蓝的，很好看，大概是他特意挑的。他是个极度爱美的人。

雅克站起身，原本高高大大的一个人，小了一圈。脸上的笑容依然很灿烂，目光也一样诚恳。他拄着两根拐杖向车子走去。他的一条腿被齐膝截掉了，裤腿空空荡荡。

月下桨声

韩少功

雨后初晴，水面长出了长毛，有千丝万缕的白雾牵绕飞扬。我一头扎入浩荡碧水，感觉到肚皮和大腿内侧突然交给了冰凉。我远远看见几只野鸭，在雾气中不时出没，还有水面上浮着的一些草渣，是山上雨水成流以后带来的，一般需要三四天才能融化和消失。哗的一声，身旁冒出几圈水纹，肯定是刚才有一条鱼跃出了水面。

一条小船近了，船上一点红也近了，原来是一件红色上衣，穿在一个女孩身上。女孩在船边小心翼翼地放网，对面的船头上，一个更小的男孩撅着屁股在划桨。他们各忙各的，一言不发。

我已经多次在黄昏时分看见这条小船，还有小小年纪的两个渔夫。他们在远处忙碌，总是不说话，也不看我一眼。我想起静夜里经常听到的一线桨声，带着萤火虫的闪烁光点飘入睡梦，莫非就是这一条船？

我在这里已经居住两年多，已经熟悉了张家和李家的孩子，熟悉了他们的笑脸、袋装零食以及沉重的书包，还有放学以后在公路上满身灰尘地追逐打闹。但我不认识船上的两张面孔。他们的家也许不在这附近。

妻子说过，有城里的客人要来了，得买点鱼才好。于是我朝着小船吆喝了一声：有鱼吗？

他们望了我一眼。

我是说，你们有鱼卖吗？大鱼小鱼都行。

他们仍未回话，隔了好半天，女孩朝这边摇了摇手。

我指了一下自己院了的方向：我就住在那里，有鱼就卖给我好吗？

他们没有反应，不知是没有听清楚，还是有什么为难之处。

也许他们年纪太小，还不会打鱼，没有什么可卖。要不，就是前一段人们已经把鱼打光了——他们是政府水管所雇来的民工，人多势众，拉开了大网，七八条船上都有木棒敲击着船舷，哪哪哪嘣嘣嘣，把鱼往设下拦网的水域赶，在水面上接连闹腾了好几个日夜。这叫做"赶湖"。有时半夜里我还能听到他们击鼓般地赶湖，敲出了三拍的欢乐，两拍的焦急，慢板的忧伤以及若有所思，还有切分音符的挑逗甚至浪荡……偶尔我还能听到水面上模模糊糊的吆喝和山歌："第一先把父母孝，有老有少第二条，第三为人要周到……"如果我没有听错的话，这些久违的山歌，只有在夜里才偶尔鬼鬼祟祟地冒出来。

我后来去水管所买鱼。他们打来的鱼已用大卡车送到城里去了。但他们还有一点没收来的鱼，连同没收来的渔网。据说附近有的农民偷偷违禁打鱼，有时还用密网，把小鱼也打了，严重破坏资源。

我的城里的客人来了，是大学里的一位系主任，带着妻小，驾着刚买的轿车，对这里的青山绿水大加赞美，一来就要划船和下水游泳，甚至还兴冲冲想光屁股裸泳。他说这里的水比哈尔滨的镜泊湖要好，比广西北海的银滩要好，比泰国的帕提亚也要好，说出了一串旅游地的名字，显得见多识广。我知道，这些年很多学校属紧俏资源，高价招生，收入颇丰，连他这样的小头头也富得买车买房，还公费旅游了好多地方。

我们吃着鱼，说到有些农民用蓄电池打鱼，用密网打鱼。他痛心地说，农民就是觉悟低，一点环境保护意识也没有。

他还说来时汽车陷在一个坑里，请路边的农民帮着推一把，但农民抄着手，不给一百块钱就不动，如今的民风实在刁悍。

客人们走后的第二天，院子里一早就有持久的狗吠。大概是来了什么人。我来到院门口，发现正是那个红衣女孩站在门外，提着一只泥水糊糊的塑料袋，被狗吓得进退两难，赤裸着的双脚在石板上留下水淋淋的脚印，脚踝还沾着一片草叶。

她是走错了地方还是有事相求？我愣了一下，好容易才记起了几天前我在水上的问购——我早把这件事忘记了。我接过她的塑料袋，发现里面有一二十条鱼，大的约莫半斤，小的只有指头那么粗，鲫鱼草鱼杂得有点不成样子。从她疲惫的神色来看，大概这就是他们忙了半个夜晚的收获。

我想起水管所干部说过的话，估计这女孩用的也是密网，没有放过小鱼，下手是有些嫌狠。但我没有说什么。我已经从邻居那里知道了他们的来历。他们是姐弟俩，住在十几里路以外的大山里面，只因为弟弟还欠着学校的学费，两人最近便借了条小船，每天晚上在这里打鱼。他们的父亲帮不上忙，因为穷得付不起医药费，一年前已经病逝。母亲也帮不上忙，据说不久前已经走失了——人们只知道她有点神志不清，曾经到过镇上一个亲戚家，然后就不知去了哪里，再也没有回家。

　　我收下了鱼。在完成这一交易的过程中，她始终拒绝坐下，也没有喝我妻子端来的茶。她似乎还怕狗咬，说话时总是看着狗，听我说狗并不咬人，还是怯怯地不时朝桌下看一眼，一见狗有动静，赤裸的两脚就尽可能往椅子后面挪。

　　"你很怕狗吗？"我妻子问。

　　她不好意思地笑笑。

　　"你家没有养狗吗？"

　　她摇摇头。

　　"你喝茶。"

　　她点点头，仍然没有喝。

　　她提着塑料袋走了以后不久，不知什么时候，狗又叫了。窗外橘红色一晃，是她急急地返回来，跑得有点气喘吁吁。

　　"对不起，刚才错了……"她大声说。

　　"错了什么？"

　　"你们把钱算错了。"

　　"不会错吧？不是两斤四两吗？"

　　"真是算错了的。"

　　"刚才是你看的秤，是你报的价，你说多少就是多少，我并没有……"我觉得自己没有什么责任。

　　"不是，是你们多给了。"

　　我有点不明白。

　　她红着脸，说刚才回到船上，弟弟一听钱的数字，就一口咬定她算错了，肯定没有这么多钱。他们又算了一次，发现果然是多收了我们一块钱。为此弟弟很生气，要她赶快来退还。

我看着她沾着泥点的手，撩起橘红色衣襟，取出紧紧埋在腰间的一个布包，十分复杂地打开它，十分复杂地分拣布包中的大小纸票，心里有些过意不去。一块钱怎值得她这样急匆匆地赶来并且做出这么多复杂的动作？"也就是一块钱，你送鱼来，就算是你的脚力钱吧。"我说。

"不行不行……"她把头摇成了拨浪鼓。

"再说，我们以后还要找你买鱼的，一块钱就先存在你那里。"

"不行不行……"拨浪鼓还在摇。

"你们还会打鱼吧？"

"不一定。水管所不准我们下网了……"

"你弟弟的学费赚够了吗？"

"他不打算读了。"

"为什么？"

她没有回答，只是固执地要寻找一块钱。她的运气不好，小钞票凑不齐一块钱。递来一张大钞票，我们又没有合适的零钱找补。就这样你三我四你七我八地凑了好一阵，还是无法做到两清。我们最后满足她的要求，好歹收下了七角，但压着她不要再说了，就这样算了，你再说我们就不高兴了。

她做了什么亏心事似的，浑身不自在，犹犹豫豫地低头而去。

傍晚，我们从外面回家，发现院门前有一把葱。一位正在路边锄草的妇人说，一个穿红衣的姑娘来过了，见我们不在，就把葱留在门前。

不用说，这一大把葱就是她对鱼款的补偿。

妻子叹了口气，说如今什么世道，难得还有这样的诚实。她清出一个旧挎包，一枝水笔，说可以拿去供红衣女孩的弟弟上学，说不定能替他们省下两个钱。但我再没有遇上红衣女孩，还有那个站在船头为她摇桨的弟弟。有一条小船近了，上面是一个家住附近的汉子，看上去比较眼熟。从他的口里，我得知最近水管所加强禁渔，姐弟俩的网已经被巡逻队收缴，他们就回到山里种田去了。他们是否凑足了弟弟的学费，弟弟是否还能继续读书，汉子对这一切并不知道。

人世间有很多事情我们并不知道，何况萍水相逢之际，我们有时候连对方的名字也不知道。

我说不出话来。

每天早上，我推开窗子，发现远处的水面上总有一叶或者两叶小船，像什么人无意中遗落了一两个发卡，轻轻地别在青山绿水之中。但那些船上没有一点红。每天晚上，我走在月光下的时候，偶尔听到竹林那边还有桨声，是一条小船均匀的足迹，在水面上播出了月光的碎片，还有一个个梦境。但我依稀听得出桨声过于粗重，不是来自一个孩子的腕力。

我走出院门，来到水边，发现近处根本没有船。原来是月夜太静了，就删除了声音传递的距离，远和近的动静根本无法区别，比如刚才不过是晚风一吹，远在天边的桨声就翻过院墙，滚落在我家的檐下阶前，七零八落的，引来小狗一次次寻找。它当然不会找到什么，鼻子抽缩着，叫了两声，回头看着我，眼里全是困惑。

我也不明白，是何处的桨声悠悠飘落到我家的墙根？

（摘自《读者》2004年第19期）

1

袁隆平在重庆读大学时，有同学在嘉陵江失踪，他跳江搜寻，顺流而下，一口气游了5000多米。

他是游泳健将，读中学时得过游泳选拔赛100米和400米两个第一，还得过省体育运动会游泳项目的银牌。

1952年，贺龙主持西南地区运动会，袁隆平代表川东到成都参赛。他因好奇龙抄手等小吃，吃完后身体不适，表现不佳，最终得了第四名，而前三名都入选了国家队。

返回大学后，他报名参加空军，在800多报名者中脱颖而出，然而因抗美援朝战事放缓，他又被退回。

好友为他忧心，他却毫不在意，自我评价：生性散漫，喜欢过率性而为的生活。

他读的是农学院，在毕业分配表格上，随手填下"愿意到长江流域工作"，最终被分配到湘西的安江农校。

同学在地图上找了半天没找到，告诉他那里比较偏，会一盏孤灯照终身。袁隆平说："没事，寂寞时我就拉小提琴。"

他从重庆坐船到武汉，再从武汉坐火车到长沙，然后坐了两天烧炭的汽车，翻过雪峰山，最终到了安江。

校长生怕大学生跑了，特别强调学校有电灯，但令袁隆平更满意的是，学校旁边就是沅江，他放下行李就去游泳。

最开始，袁隆平负责教俄语，但很快改教遗传学。读大学时，他的专业是遗传育种，然而开始教书后，他才发现学校没有教材。于是，他带学生去雪峰山采集标本，自制图表，自编教材，在班上成立科研小组，做农学实验。

他时常想起小时候看的《摩登时代》，卓别林想喝牛奶，招手奶牛即来；想吃水果，手伸到窗外就摘。一个时代的摩登，根基在田园。

他开始做嫁接实验，让红薯上开月光花，让番茄下结马铃薯，让南瓜秧上长出西瓜："当年结了一个瓜，南瓜不像南瓜，西瓜不像西瓜，拿到教室让学生看，大家哄堂大笑，吃起来味道也怪怪的，不好吃。"

欢乐的实验很快戛然而止，"三年困难时期"到来。袁隆平在自传中说，亲眼看见饥饿的人倒在路边、田埂边和桥底下。

有人发明了"双蒸饭"，饭蒸两次后，会看着多一些。袁隆平几次梦见吃扣肉，醒来才知是南柯一梦。

他因此开始研究水稻。

1961年7月，他在田间偶然发现一棵鹤立鸡群的稻株。稻株的稻穗低垂，颗粒饱满，推算下来，用其做种子，水稻产量能翻一倍。他小心翼翼地培育了一年，但新稻田的收获令人失望。他坐在田埂上反思，意外地想明白了水稻杂交的可能性。

一切工作的关键变成寻找野生不育株。他带个水壶，前往稻田，寻找天然的特殊稻苗。多年后，他才知道，那个概率是1/50000。14天后，他在14万株稻苗间，找到了第一代不育株，并以此写了论文。1966年，他的论文发表在中国科学院主办的《科学通报》上。

他因那篇论文被高层关注，得以继续研究，然而妒者甚多：中专教师能搞什么研究，不过是骗取国家经费罢了。

1968年夏天，袁隆平培育的不育株一夜之间被人拔光。袁隆平四处寻找，3天后，在一口井中发现水面上浮着5株秧苗。

那5株秧苗成为宝贵的延续。此后为了安全，袁隆平带着两名助手，远行广东、广西、云南和海南。

在云南，他们遭遇滇南大地震，从废墟中抢出种子。在海南三亚，他们碰到大洪水，只得将秧苗带着土挖出，放到门板上，漂游转移。在海南时日子清苦，他们唯一的福利就是从老家带去的腊肉，但只有在特殊日子才能吃，若平时想吃，需举手表决。

1970年，袁隆平的助手李必湖在铁路涵洞的水洼中，发现了一棵野生的不育株。袁隆平从外地赶回，将其命名为"野败"。

"它像一堆野草，叶子一碰就掉了。"在当时，众人未曾料到，"野败"会成为奇迹的起点。

2

袁隆平研究发现，"野败"完全符合培育需求，18个省市的科研人员赶赴三亚，水稻杂交的浪潮自此开始。

1975年，南方的杂交水稻种植面积仅370公顷，一年后便飞跃至13.87万公顷，两年后激增至210万公顷。

袁隆平的事迹传遍神州，被写入课本。对这片饱经风霜的土地而言，吃饱饭的意义不言而喻。

1981年，袁隆平被国务院授予"特等发明奖"，他也成为继陈景润之后，新的科学偶像。1982年，袁隆平受邀前往菲律宾，参加国际水稻学术报告会。登台后，投影仪忽然打出他的头像，下面写着"Yuan Longping, the Father of Hybrid Rice（袁隆平——杂交水稻之父）"。主办方的代表说："我们把袁隆平先生称为'杂交水稻之父'，他是当之无愧的。他的成就不仅是中国的骄傲，也是世界的骄傲。他的成就给世界带来了福音。"

事实上，早在1979年，袁隆平便已在国际会议上推广中国的杂交水稻，来自20多个国家的专家听得聚精会神。

会后不久，美国企业来华签订协议，要在美国种植杂交水稻，这是中国农业领域第一个对外技术转让合同。袁隆平5次赴美传授技术，骑自行车往来于美国的稻田。种植杂交水稻的稻田增产明显，美方震惊，特意到湖南拍了一部彩色纪录片，名叫《在中华人民共和国的花园里——中国杂交水稻的故事》。

杂交水稻迅速风靡世界，日本出版了《神奇水稻的威胁》一书，菲律宾总统飞到北京给袁隆平颁发勋章。

袁隆平的学生到东南亚的一些地区传授技术，因在政府军和反政府军交错地带工作，多次被绑架，但绑架者听说他是粮食专家，总会立即释放。在更远的非洲马达加斯加，杂交水稻解决了当地的温饱问题，被印在面额最大的货币上。袁隆平说，当时种植杂交水稻的国家有20多个，其中一个是印度，吃大米的人有八九亿，还有一个是越南，吃大米的人有六七千万。

成名后，袁隆平接受采访时，反复提及他有两个梦：一个梦，是他在稻田中睡觉，水稻像高粱一样高，稻穗像扫帚一样长，籽粒像花生一样大，他称其为"禾下乘凉梦"；另一个梦，是杂交水稻覆盖全球。若全球的稻田有一半种上杂交水稻，可多养活四亿到五亿人。

他倾其一生，希望实现两个梦。

3

20世纪90年代，袁隆平3次被推荐为中国科学院院士候选人，3次落选。舆论为他抱不平，但袁隆平淡然处之，"我搞杂交水稻研究不是为了当院士，没评上院士说明我的水平不够"。1995年，袁隆平成功当选中国工程院院士。2006年，袁隆平被推选为美国科学院外籍院士。在新当选院士的就职典礼上，美国科学院院长、诺贝尔奖得主西瑟·罗纳介绍袁隆平时说："袁隆平先生发明的杂交水稻技术，为世界粮食安全做出了杰出贡献，增产的粮食每年为世界解决了7000万人的吃饭问题。"

参会后，在美国白宫前，袁隆平被中国游客发现，人们纷纷要求合影和签名，有人喊他"伟大的科学家"。在自传中，袁隆平说，这让他诚惶诚恐，"不是伟大，是尾巴大，尾巴大了也有好处，就是不能翘尾巴"。

亲历近一个世纪的人生激流，袁隆平早知浮沉真意，高楼大厦让他压抑，他的梦终究还是在稻田之中。

晚年的袁隆平，活得越来越有青年时自在的感觉。他尽力远离喧嚣，说话也越来越直率。他写自传，说上学时爱睡懒觉，说他也在乎名利，只是不放在第一位。常有记者让他到稻田里拉着小提琴摆拍，最后他直言说自己拉得不好听。有记者问他："您是几代人都非常敬佩的偶像，能给年轻人一些人生方面的建议吗？"他回答："人生啊？这是哲学问题，我不懂，问哲学家吧！"

他的爱好只剩运动和看书。他一度迷上气排球，打球时老人高度兴奋，其他人忘记比分，他一定记得。几年前，因为气喘，他被迫放弃游泳，此后，走路也需要人搀扶。所幸看书不受影响，老人每周有3天看专业书，其他时间看文史、地理，以及其他专业之外的书。他说，运动和看书的目的，是让脑子灵活，让他还能够下田。

2020年11月，袁隆平的团队培育的第三代杂交水稻亩产达到1530.76公斤，刷新了世界纪录。他流泪了。对年逾九十的袁隆平而言，世事已难让他动情，除了禾下的梦。

然而，他无法再目睹两个梦的后续。2021年5月22日13时07分，袁隆平与世长辞。

悲怆之情在社交媒体上蔓延，不同年龄的人都在表达哀思。有的人平时沉默寡言，但离去时总让国人心头一空。

91岁的袁隆平，大半生在稻田之中。当我们见多了天马行空、光怪陆离的事，想起他，总觉得安心和有底气。

长沙市民自发送别袁隆平，浩荡的人潮拥入街巷。这是最朴素，也是最厚重的致意。那人潮，就像他曾经畅游的嘉陵江、沅江和长江。

江涛阵阵，送别一位老人。

（摘自《读者》2021年第13期）

想去中国

李永兵

我的朋友从伊拉克回来后给我讲了一个故事——

你知道我在巴格达做小本生意，在郊区我经常看到一些躲避战乱的平民和他们简陋的帐篷，还有无数渴望回到家园的眼神。但是，这些并没有打动我。这样的眼神我在这里见得太多，以至于麻木不仁。但是有一件事让我永远无法忘怀。

那是一个天光晦暗的中午，阴云密布，仿佛是密密麻麻的战机压在我的头顶，压抑得让人喘不过气。街上没有一个行人，因为刚刚拉过警报，人们都躲了起来。甚至没人出来吃饭。这是我做生意的最佳时机——我拿了些中国食品去卖。我开了家中国小吃店，我得在死神的脚下赚钱。生意人就是这样，钱似乎永远比命贵重，特别是我们这些漂泊在异乡的人。

我来到一个帐篷前吆喝了一声，见没动静就匆匆忙忙离开。我的脚步很快，在这危险的地方我必须这样。忽然有人叫住了我，我回头一看，是个小女孩，八九岁光景，她目不转睛地看着我手中的食品。当我正准备回头之时，她却被人拉进了帐篷。我听到女孩的哭声。我掀开门帘问，是否要点中国小吃，不但便宜而且味美。我从小女孩的眸子里看到了饥饿，但她祖母说我的饼太贵。可我还没开价呢！我知道她没有足够的钱，但我还是卖给了她们几个烧饼，薄利多销嘛。小女孩的确饿坏了，几口就吃完一个，嘴边沾上了烧饼的碎屑。小女孩朝我笑笑，天真地问，你是日本人还是中国人？我摸摸她的马尾辫说，我当然是中国人。中国食品好吃吗？你是中国人！是呀。我点点头。她拉着我的手央求道，你带我去中国吧！我知道这是不可能的。我朝她祖母笑笑，就当是小女孩说着玩的。老祖母也一脸皱纹地笑了。我想我得走了，我还得做生意。你能带我去中国吗？她拉着我的手一直不肯松开。我一怔——她当真了。你为什么要去中国，是因为中国食品味美吗？我店里有很多，以后每天都带些来好吗？不，我一定要去中国！小女孩噘着嘴哭了。我知道我的话伤害了她。我忙说，如果你愿意的话我会带你去中国的。小女孩一下子就笑了，像一朵可爱的茉莉花。那是属于我的祖国的。而小女孩是伊拉克的茉莉花。

临走时她送给我一张她的照片，她说怕我把她忘了，有了照片就会找到她。我说，你为什么一定要去中国？她说，我要给你这个中国人一个惊喜。说完就躲进了帐篷，钻进了她祖母的怀抱。这回我真的要走了，在这里死神随时会吻到你的脸。

我不知道过了三天还是四天，我又到小女孩那边卖饼，这次我低着头，怕那个小女孩又缠着我要去中国。我没打算现在就回国，我还没挣到足够的钱。可又不想欺骗可爱的小女孩，我打算绕开那个帐篷。但一阵凄厉的哭声拽住了我的脚步。天啊！那哭声竟然是那位老祖母的！难道她管不住小女孩吗？她那么倔强吗？真让人受不了！我开始有些讨厌这个顽固的伊拉克小姑娘了。我想吓唬她，中国也会有炸弹。我掀开门帘，却看见小女孩血肉模糊的尸体。瘦小的身子少了一只胳膊和一条腿，头发也蓬乱着。那张稚气的脸凝固着说不清的表情。她的眼睛睁得很大，仿佛在向遥远的中国张望。我不知道她看见了什么。

老人见我来了，哭得更伤心了，她一边哭一边说，女孩是在找我的路上被炸死的。她的手颤抖着拿出一些药片，药片被她手上的血染红了。她说这是她孙女送给我的。哦，这就是她要给我这个中国人的惊喜吗？可我要它们有什么用呢？老人伤心欲绝地拿出一张碟片，这是以前她家里的，小女孩一直带在身边。她爸爸在中国，她说要把它送给爸爸，她还要送给很多中国的小朋友。她看到很多中国的小朋友也在流血、死亡。这话让我莫名其妙。我的国家空前和平繁荣，怎么会发生这样的事？

我一看碟片泪水就出来了，那是电影《南京大屠杀》，大概是他爸爸带回来的。我对老祖母说，我会把药带回中国，送给他爸爸也送给中国小朋友的。

朋友的泪又出来了，他再也讲不下去了。我看了小女孩的照片，说，你在伊拉克不但学会了赚钱，也学会了掉眼泪。他说，不会哭的男人不是男人。这话我信。其实我也流泪了。

我们还能无所顾忌地老去吗

陈迪佳

"媚青"这个词第一次出现在2017年的《脱口秀大会》上，原意指"只知道讨好年轻人口味的流行文化"。比如，年长者（也包括年轻人自己）通过效仿所谓"年轻人"的言辞、行为方式和爱好，取悦社会中的青年群体，来获得更多的关注，以保证自己"不过时"。

时至今日，从某种程度上讲，"媚青"似乎已经成为全社会各个层面对年龄增长的焦虑：娱乐圈不断将目光聚焦在更年轻的新人身上，市场越来越多地将消费需求旺盛的年轻人作为推销对象，社会舆论通过广告、影视剧和大众媒体制造早衰的焦虑感。年长不再意味着智慧，只意味着令人恐惧的中年危机和被人忽视。

1

不久前，短片《后浪》引发了一系列社会热议。"前浪"与"后浪"之间令人尴尬的代际割裂，在此体现得淋漓尽致。

事实上，"前浪""后浪"的划分，本身就默许了代际间的对立。所谓"长江后浪推前浪"，似乎一代人只有推翻另一代人，才能在社会中安身立命。

在中国，人们似乎已经对代际的划分习以为常。自20世纪初至今，中国电影界有着"七代导演"的说法，建筑界有"五代建筑师"的区分，艺术界也会谈到"中国五代油画家"。

用"代"来讨论艺术领域的普遍成就和风格倾向，是一种便捷有效的方式，但由于断代往往是以时代背景的演变为前提的，这种划分也抹除了个体间的差异。荷兰策展人琳达·拉森伍德就曾经在自己的展览中专门介绍了中国艺术界的代际划分，并表示这是一种中国特有的文化现象。

其实，中国自古以来就有按照代际来划分人生的观念。最为著名的当属孔子所说的"三十而立，四十而不惑，五十而知天命，六十而耳顺，七十而从心所欲，不逾矩"。作为社群动物，"年龄段"的概念为人们提供了基本的归属感。人们也越发习惯用"代沟"这样简单的词汇，将人与人之间的互不理解轻描淡写地一笔带过。

直接用年龄来定义一个人所属的群体，更多反映的是与年龄绑定的社会期望：一方面，它预设了人成长的"时代背景"，决定了人的选择；另一方面，则认为人的生存状态应当与其年龄相"匹配"。

由此可见，无论是以群体所处年代为标准的代际划分，还是以个体年龄为标准的代际划分，折射出的都是个体成长与时代变迁的双重标杆在

"年龄"上的体现。而所谓的"媚青",传达的也并不只是对年轻者的迎合,更多的是一种基于时代的求新、求快,以及简单的价值取向。

2

2014年左右,随着"小鲜肉"一词的盛行,人们追捧的偶像、明星也变得越来越低龄化。

很显然,"小鲜肉"并不仅仅意味着年轻的面容,他们是被全方位消费的。人们不再需要神坛上的艺术,也没有工夫去理解和品味艺术——他们需要的是可以快速消费且直白易读的商品。在这种商品里,无论是价值观的树立,还是情绪的表达,都不再需要深刻的内涵或含蓄的情感。

粉丝的态度则展现了当代人在社会压力下的挣扎。没有人想当"痛苦的成年人",人们不再需要完美的偶像去高山仰止,而需要将明星世俗化、平凡化,以此来映射自己的生活状态。年轻意味着简单、直接、心无城府,以及真实。人们对年轻明星的追捧,一方面反映出对成熟和复杂心智的恐惧,另一方面也是对"没有真正意义上的童年(青春期)"心理的补偿。

3

伴随审美趣味低龄化而滋生的是,日益严重的年龄焦虑——当影视剧、综艺节目里的明星们没有一丝皱纹,少有衰老的痕迹时,坐在屏幕前的人却越来越早地感受到自己的衰老。

2016年5月4日,据联合国官网显示,联合国大会将"青年"定义为年龄介于15岁至24岁之间的群体。这一消息在中国的社交媒体上引发了大量的讨论。90后（也包括一部分00后）仿佛集体进入"中年危机"，即使当时最大的90后也不过26岁。

美国社会学家塔科特·帕森斯曾谈到，青年的焦虑感来自社会地位的边缘化。当二十五六岁的女孩子开始自称"老阿姨"，三十出头的男人被吐槽"油腻"时，年龄焦虑折射出的是一种心理上的早衰。

一方面，社会阶层的固化、同龄人之间竞争的加剧、行业门槛的不断提高、来自上一辈人的压力，都导致了年轻人的迷茫和焦虑。"真实故事计划"创始人雷磊在文章《宽松的一代》中谈到，与父辈相比，年轻一代得到的物质条件更优厚，接收的信息更为丰富，这使得他们看起来有了更多的选择。但同时，学业、职业、婚恋、生子等"人生大事"，也给他们带来更多的焦虑与迷茫，而不是实现自我价值的机会。

在"佛系""丧文化"背后，是一种放弃抵抗和抵抗无用的悲观。年轻人的年龄焦虑不只是对衰老本身的恐惧，更是一种"青年气质"的丧失，一种对"努力奋斗可以改变命运"的质疑。

另一方面，焦虑本身也来自观念的灌输。全社会对年龄相关的流行词汇的讨论，通过大众媒体和社交媒体的影响力，形成了一种声势浩大的舆论倾向。

在《仿像与模拟》中，让·鲍德里亚谈到后现代媒体与现实的混淆，媒体不再作为现实的真实再现，而是通过复杂的媒介手段，构成独立的现实，并反向对现实世界产生影响。换句话说，"害怕年老"的言论，正在反过来影响人们真实的自我认知心态乃至行为方式。

4

许知远曾在《洞见》上谈道："只有一个非常愚蠢的时代才会整天崇拜青春，因为没有更丰富和复杂的理解，所以把一切标签停留在语言上。"

现在，年轻人能听到的、来自年长者的警示之言越来越少（即使听到也未必认同），赞誉和同化则被不断强化。对新鲜事物的认可取代了过去那些怀疑的声音，人们想看到更多更新的、更年轻的面孔，对经过时间沉淀的、难以迅速理解的东西愈发失去了耐心。

年龄焦虑可以被克服吗？"媚青"现象和低龄化的审美是否会持续下去？这也许不仅仅是观念的问题。正如当代社会不会因为个别人的怀旧而回到前工业时代，碎片化、脸谱化的审美和求新、求异的趋势也是这一时代的必然产物。

"年轻崇拜"并不真正来自年轻人，它所倡导的自我认知、社会舆论、审美倾向和市场需求，也并非真的关注每个年轻人，更不关注深刻或者永恒。在一个恐惧衰老的时代，每个年轻人——或者说，每个曾经年轻过的人——只能创造"当下"的价值，也只能存在于转瞬即逝的"此刻"。

（摘自《读者》2020年第15期）

火爆日本的中国IP

沐　兰

　　最近东京举办了"国际礼品展"，展会的重头展区是"IP 授权礼品"。作为 IP 大国，日本自己生产的 IP 就足以撑起这个展区了。当然也有海外来的 IP，比如"大力水手"，已经诞生90周年了。和我同行的国内行业大佬感慨道："什么时候咱们中国能有这么火的 IP 啊！"

　　确实，在中国市场大受欢迎的日本 IP 不胜枚举。据我所知，也有很多中国公司在大力投入，希望可以打造出有国际影响力的 IP。如果中国有哪个 IP 不仅能在海外具有影响力，还能在 IP 大国日本的市场中争得一席之地，无疑将会是其价值的强力证明。有这样的案例吗？

　　我的脑海里突然灵光一闪：确实有一个在日本超级成功的中国 IP 啊！论影响力，它延续了几十年，在日本家喻户晓，深受喜爱；论商业价值，这个 IP 衍生的游戏和影视作品统统大卖，日进斗金，游戏产品都已经出到第14代了，在中国市场也大受欢迎。

IP 里主人公的名字、典故甚至影响了日本的语言和文化，贡献了不少日本的"成语"。说到这儿，你猜到是什么了吗？对，这个火爆日本的中国 IP 就是"三国"！

为什么要说"三国"而不说《三国演义》？因为日本人更认可的是《三国志》。而且日本人了解的三国故事也并非来自《三国演义》，最有影响力的是一套60册的漫画——日本漫画家横山光辉从1971年开始连载了15年的名为《三国志》的漫画。

当然，漫画的取材来自中国的《三国演义》和《三国志》，但是日文里最常用的还是"三国志"。再加上日本光荣公司从1985年开始推出第一代《三国志》游戏，至今已做到了第14代。在手机游戏盛行的时代，电脑游戏还能一款又一款地推出并持续受到粉丝追捧，这绝对归功于"三国"这个 IP 的巨大魅力。

日本人有多熟悉三国？我跟日本人说我老家在四川，一半以上的日本人会自然地接上："啊，你是蜀国人。"巧的是，我的姓正好与青梅煮酒论英雄的两位主人公之一相同，所以每次说到自己姓名的时候，我只要提及这位三国人物，日本人就会露出一副恍然大悟的表情，有时还会问我是不是其后裔。我公司有一位日本女同事，她聊天用的表情包是诸葛亮，因为这是她最喜欢的历史人物，她还和我大谈了一番对三国人物典故的看法。

日本人有多喜欢三国呢？网上说，20世纪90年代日本电视台引进央视拍摄的《三国演义》就花了一万美元一集的代价。这个数据无从考证，但是吴宇森拍摄的电影《赤壁》，票房收入最高的市场在日本确系实证。

《赤壁》上、下两部在日本分别创造了50亿和55亿日元的票房，总计人民币6亿多元，而它们在中国的票房一共才5亿多元。重点是，《赤壁》上、下部的票房在日本分别是当年的冠军和第三名。这可以说是日本粉丝对三国真金白银式的"表白"了。

说到吴宇森导演，我看到日本网站有一个投票：最希望谁来拍三国的电影？吴宇森高票当选，甚至打败了日本的北野武和好莱坞的斯皮尔伯格。这个网站很有意思，每个礼拜都会推出一道投票题，由三国迷来自由投票。我发现日本三国迷与中国三国迷有截然不同的理解和喜欢方式。这些差异，也很能代表日本和中国文化的差异。

"最喜欢的三国人物"，这是首先要关注的投票。当然，细分的投票角度会导致票数第一、第二的结果有差异，但有一位人物在各种投票中稳坐最受欢迎的前三名，这个人居然是刘皇叔。

在中国人心中懦弱无能又心机深重的刘备，却颇受日本三国迷喜爱，连带着中国人最鄙视的"扶不起的阿斗"，在日本都挺受欢迎，怎么都能排进最受欢迎人物的前20名。这可是"阿斗"啊！但是，确实有日本朋友跟我说，他最喜欢的三国人物就是刘禅，因为他"爱好和平"——我也是无话可说了。

细分下来，"最受欢迎的三国武将"集中在赵云、吕布、关羽三人身上。反正各个投票里的前三名，这三个人轮流坐庄。赵云最受喜爱的一幕是他长坂坡救阿斗，关羽最让日本粉丝感到荡气回肠的是千里走单骑。吕布在中国文化里有"三姓家奴"这样的"污点"，但日本粉丝对此完全不介意，甚至许多人将他列为"被误解最深的人"，因为"他并不是背叛"。

最有意思的是，有一项投票直接问"魏、蜀、吴之外武力第二高超的人是谁"，后面的括号里备注着"第一高超的是吕布"。对了，"马中赤兔，人中吕布"的说法在日本也是尽人皆知。

至于"最受欢迎的三国人物",是无可争议的诸葛亮。票选"最受欢迎的武器",排名第一的是诸葛亮的扇子——请问日本朋友对"武器"这个词是不是有什么误解?而排第二名的关羽的青龙偃月刀,票数也只是诸葛亮扇子的三分之一吧。

三国里"最重要的计谋"是诸葛亮提出的"三分天下",嗯,这个还算切题,但是将赤壁之战的功劳压倒性地归功于诸葛亮,周瑜在坟里得知,会不会再死一次?"蜀国的颜值担当",还是诸葛亮。

我也真是"问号脸":你们把英武帅气的赵云和关二爷置于何地?受此偏好的影响,"亮"一直是日本人最喜欢给男孩子取名用的汉字。为了避免重名,日语里发音和"亮"一样的汉字也沾了光。直到2018年,日本新生儿名字的排名里,"亮"和其同音字还是最受欢迎的。

最让我笑喷的是,"三国里最伟大的发明是什么",得票最多的是诸葛亮发明的馒头。好吧,只能说对诸葛亮的喜爱之情已经让日本粉丝失去了理智。

综合各项投票,最受欢迎的武将是赵云、关羽,最受欢迎的人物是诸葛亮、刘备,基本上各项"最喜爱"的排名前三都是蜀国人。没错,日本粉丝最喜欢的三国中的国家就是"蜀国",最想加入的阵营也是"蜀国",最想跟随的主公是刘备,最想与之成为家族亲人的是关羽……

理由呢?其实挺有道理——"弱小但不服输的国家"。对比魏国的强大、吴国的富庶,日本人从蜀国的命运中找到了共鸣和情感代入。

不过,"最讨厌的人物""最坏的坏人""最残暴的行为"三项投票倒是结果一致:火烧洛阳的董卓成为日本粉丝一致最讨厌的人。或许这也能从侧面解释为什么日本人还挺喜欢曹操。

最近日本国立博物馆正在举行"三国志"主题展览,主要展品是来自中国曹操墓的文物，现场那真可谓人山人海。雅虎搜索"三国志展览"，第一个联想词就是"人多"。很多日本网友吐槽"人多心累，排队辛苦"，但又喜滋滋地晒出照片，尤其是参拜完关二爷的塑像，又在周边商品区疯狂购买到"破产"。

三国绝对是在日本最有影响力的中国IP，再无可与之争锋者。不过，我真希望还能有第二个、第三个以及更多的中国IP，像当年的大唐、长安一样，在日本和更多的国家成为影响当地文化的大IP。

（摘自《读者》2019年第24期）

中国瓷器与法国"窃贼"

毕淑敏

精美绝伦的中国瓷器在欧洲一现身，立刻成为上流社会的宠儿。

说到"现身"经过，居然和战事有关。葡萄牙从15世纪起，乘着大航海时代的风帆，在世界舞台上扮演了重要角色。1603年，在一次从亚洲返航的途中，葡萄牙商船被号称"海上马车夫"的荷兰战舰截获，后者将葡萄牙船上的货物悉数掠走。荷兰人第一次见识到来自中国的珍宝——明万历年间的瓷器，大喜过望，将它们全部运回国，在米德尔堡和阿姆斯特丹进行拍卖。这是一场轰动了欧洲的盛大拍卖，买主名单中，有法王亨利四世和英王詹姆斯一世。

荷兰人将这批瓷器命名为"克拉克瓷"，其荷兰语的本意与战舰相关。东方的精美物件穿上火药味的甲胄。

见识了来自遥远东方的瑰宝，欧洲人给瓷器起了个珠光宝气的新名字——"白色金子"。王公贵族对瓷器趋之若鹜，在他们的引领下，人们发起对中国瓷器的狂热追索，特别是欧洲宫廷，刮起收藏中国瓷器之风。

在英国人赫德逊的《欧洲与中国》一书中，有这样一首诗：

去找那种瓷器吧，

它那美丽在吸引我，诱惑我。

它来自一个新的世界，

我们不可能看到更美丽的东西了。

它是多么迷人！多么精美！

它是中国的产品！

举两个王室的小例子。1713年，普鲁士国王选皇后。为了给自己增光添彩，让婚礼非同凡响，他不惜以600名仪表堂堂的士兵为代价，向邻国君主换来一批中国瓷器。

法国国王路易十五的情妇蓬帕杜夫人，为了中国瓷器一掷千金，在巴黎专门出售中国商品的店里，一次买走5只中国青花瓷瓶。

据不完全统计，仅18世纪，至少有6000万件中国瓷器行销欧洲。瓷器价格昂贵，只有达官贵人才享用得起。由于欧洲产品无法进入自给自足、万事不求人的中国市场，从而产生贸易逆差，致使各国金银外流。欧洲人既舍不下中国瓷器，又无法忍受"失血"状态，怎么办？唯有自己造出瓷器。用今天的话讲，便是将瓷器生产"本土化"。

中国瓷器究竟是怎么烧制出来的？这个秘密，不仅刺激了欧洲人的好奇心，更以其巨大的商业价值，折磨着欧洲人被金钱缠绕的神经。他们挖空心思，不断尝试揭秘。马可·波罗曾经这样描述过中国瓷器的制造诀窍："中国人从地下挖取一种泥土，将它垒成一个大堆。任凭风吹雨打日晒，从不翻动。历时三四十年，泥土经过这种处理，质地变得精纯……

再抹上颜色适宜的釉，放入窑内烧制……"

欧洲人原以为马可·波罗懂中国瓷器，法国、意大利等国还曾将中国福建德化所产的白瓷，直接命名为"马可·波罗瓷"。还有更大而化之图省事的，将中国宋元两代输出的白瓷，统称为"马可·波罗瓷"。然而马可·波罗虽然名头很大，却很可能并未深入细致地研究过瓷器的制造过程，只是道听途说。他所描述的制瓷程序虽大体不错，但缺少细节，大而无当。对企图仿制中国瓷器的欧洲人来说，几乎毫无用处。

欧洲的制瓷工业，当时也非一张白纸。在罗马帝国时代，铅釉陶技术从埃及，锡釉陶技术从中东，都已传入意大利。后来借文艺复兴思潮，此技术辐射至整个欧洲。不过其产品质量与中国瓷器相比，有天壤之别。

想要成功仿造中国瓷器，欧洲人的思路和方法兵分两路：一路看到中国瓷器温润光滑、玲珑剔透，认为此物和玻璃沾亲带故；另一路，认为瓷器价格昂贵，应与炼金术有关。

沿第一种思路，陶艺师们使用玻璃制造技术，制造出威尼斯玻璃蓝彩陶，德国烧制出了釉陶。此后，法国、英国、意大利争相仿效，相继制造出了红陶、高温彩色釉陶以及白釉蓝彩的"类瓷器"。可惜，这些制品单独摆放时大致还看得过去，一旦与真正的中国瓷器比肩而立，须臾就败下阵来。坦率地说，17世纪前，所有的欧洲瓷器都不能算作上品，大部分是陶器或软质瓷。再往后，欧洲虽然会烧制高温硬质瓷了，但瓷器的品质仍然无法与中国瓷器相媲美。

沿第二条思路，欧洲炼金术士们一通紧忙活。1560年，意大利的弗拉公爵炼金实验室开始"炼瓷"。可惜"炼瓷"以失败告终，证明此路不通。美第奇家族的工匠们更是勇气可嘉，把沙子、玻璃、水晶砂、黏土等材料一勺烩，烧出的"瓷器"是一堆釉色混浊、含有大量气泡的废品，与中国瓷器更是相差万里。

反复的失败让欧洲人彻底明白了，自个儿瞎摸索没有出路，只能到万里之外的中国"窃取"秘方。

此刻，一个叫殷弘绪的人登场了，时间是1698年。他的名字很中国化，但他不是中国人，乃地地道道的法国人，真名叫佩里·昂特雷科莱。

殷弘绪出生于法国里昂，死于清代乾隆年间。他的一生，经历了清代康熙、雍正、乾隆3个时期，是不折不扣的中国通。1698年，他跟随白晋在广州登陆，初到中国。白晋何许人也？他是法国国王路易十四派往中国的传教士，在法国国王和康熙帝之间架起了联系的桥梁。殷弘绪来华后，先在厦门学中文。此人很有语言天赋，迅速掌握了中文。后来他接受任命，到江西饶州传教，主要活动区域在抚州、九江、饶州一带。法国耶稣会在中国的传教，目的并不完全在宗教，还肩负着收集科技情报的任务。他们在征召传教士的时候，就特别要求其具有科学知识背景。法国科学院更是明确指示他们到中国要进行科学考察。官派传教士身份，为殷弘绪在景德镇从事间谍活动提供了极大方便。

殷弘绪在景德镇"深入生活"，居住了7年。此人之所以能常驻景德镇，主要与他在康熙四十八年（1709年）通过与江西巡抚郎廷极的私交，将法国葡萄酒进呈给康熙皇帝有关系。殷弘绪能够自由进出景德镇的大小陶瓷作坊，逐渐熟悉了窑场制造瓷器的各项工序与技术。康熙五十一年（1712年）及康熙六十一年（1722年），殷弘绪两次向欧洲报告了他刺探到的瓷器制作情报，将景德镇瓷器的制造方法，系统而完整地介绍到欧洲。

自殷弘绪"泄密"之后，中国瓷器最核心的法宝，就毫无遮蔽地祖露在欧洲人面前。1712年，殷弘绪写信之后，又奉上了高岭土、瓷土样本。1716年，在法国《科学》杂志上，全文刊发了殷弘绪的万言信。至此，中国瓷器——瓷石加高岭土的"二元配方"制胎法，再无秘密可言。

（摘自《读者》2020年第2期）

致 谢

2021年7月1日，习近平总书记在庆祝中国共产党成立100周年大会上指出："一百年前，中国共产党的先驱们创建了中国共产党，形成了坚持真理、坚守理想，践行初心、担当使命，不怕牺牲、英勇斗争，对党忠诚、不负人民的伟大建党精神，这是中国共产党的精神之源。一百年来，中国共产党弘扬伟大建党精神，在长期奋斗中构建起中国共产党人的精神谱系，锤炼出鲜明的政治品格……"这些精神包括井冈山精神、长征精神、遵义会议精神、延安精神、抗战精神、西柏坡精神、抗美援朝精神、"两弹一星"精神、改革开放精神、抗洪精神、抗震救灾精神、脱贫攻坚精神、抗疫精神等伟大精神。为了与广大读者一道更加深刻地理解、感悟并弘扬这些伟大精神，我们编选了"读者丛书（2022）"作为这套丛书的第6辑。丛书以"建党精神""脱贫攻坚精神""抗疫精神""'三牛'精神""科学家精神""企业家精神""探月精神""新时代北斗精神""丝路精神""改革开放精神"为主题，从以《读者》为代表的各类报刊、图书、网站等渠道精选了600多篇精美文章汇编成书，所选文章以生动鲜活的事例印证、诠释了这些伟大精神的深刻内涵和永恒魅力，激励我们永远斗志昂扬、奋发向上。

比之往年，今年的"读者丛书"有了几点变化：一是以出版年份作为新一辑丛书的标记；二是为了满足不同读者的阅读需求，我们还增加了两个小套系：一套精选了近180篇适合中学生阅读并且有助于他们正确处理与同学、老师和家长关系的文章汇编成3册，这些文章通过一个个生动有趣的小故事阐述了深刻的人生道理，能让读者在轻松有趣的阅读氛围中享受成长的快乐；另一套则以"家庭家教家风"为主题，分别精选相关美文编辑成3册，希望我们能继承中华优秀传统，建设文明家庭，传承良好家教，树立纯正家风，营造出更加和谐文明的社会风气。

与往年一样，"读者丛书（2022）"的策划、编辑、出版得到了中共甘肃省委宣传部、甘肃省新闻出版局以及读者出版集团、读者杂志社等各方的指导和帮助，在此深表谢意！与此同时，丛书的编选也得到了绝大多数作者的理解和支持，他们对作品的授权选编和对丛书的一致认可解除了我们的后顾之忧，对此我们表示诚挚的谢意！虽然我们尽力想把工作做得更细致、更扎实，但因为种种原因依然未能联系到部分作者，对此我们深表歉意，也请这些作者见到图书后与我们联系。我们的联系方式是：甘肃人民出版社（甘肃省兰州市曹家巷1号新闻出版大厦14楼，730030，联系人：张菁，15719333025）。

"江山无限好，祖国万年春。"编辑出版"读者丛书2022"，我们希望与广大读者一起继承和弘扬这些伟大精神，把伟大祖国建设得更加美好。

读者丛书编辑组

2022年8月